KB102503

님께

_____

드립니다.

틈만 나면 딴생각

아 무 것 도 　 아 니 지 만

틈만 나면
딴생각

무 엇 이 든 되 는 생 각

정철 지음

INFLUENTIAL
인 플 루 엔 셜

브레인스토밍
에세이라
이름 붙여봅니다

놀았습니다. 생각을 가지고 놀았습니다. 생각의
꼬리를 물며 놀았습니다. 집요하게 꼬리를 물고
늘어졌더니 생각도 나랑 놀아주기 시작했습니다.
생각과 나는 지난 열 달을 그렇게 딱 달라붙어
놀았습니다. 재미있었습니다. 역시 노는 것보다
재미있는 건 없나 봅니다.

관찰한다.
발견한다.
확장한다.

그동안 이런 흐름으로 글을 짓고 책을 생산해왔습니다. 이
책도 크게 다르지 않습니다. 그런데 이번 작업이 특별히
재미있었다고 말하는 건 한 가지 '한다'가 더 붙었기 때문일
것입니다.

연결한다.

연결. 꼬리 물기. 재미있겠어. 누구도 시도하지 않았을 거야.
그런데 과연 책 한 권을 꾸릴 수 있을까. 책 한 권이 될 만큼
길게 꼬리를 물 수 있을까. 몰라. 몰라. 일단 가보는 거야. 가다
못 가면 두 손 들고 항복하면 되지 뭐.

쉽게 항복하기는 싫었습니다. 그래서 내가 나를 살폈습니다.
그동안 내가 생각이라는 녀석과 어떻게 놀았는지 기억을
더듬었습니다. 더듬었더니 만져졌습니다. 나도 미처 인식하지
못했던 나만의 놀이가 여럿 있었습니다. 이런 것들입니다.

관찰 대상 주위를 샅샅이 살피는 시선 옮기기. 두 가지 모순된
발견을 나란히 놓는 시선 비틀기. 하나에 엉킨 이야기를
고구마 뽑듯 뽑아내는 파고들기. 발이 데려다주는 곳 이야기를
듣는 발걸음 옮기기. 동물이나 사물이 하는 말을 귀담아듣는
입장 들어보기. 하나를 하나로 보지 않는 잘라 보기. 글자로
그림을 그려 보여주는 그림 그리기. 뭐든 훔쳐와 패러디하는
도둑질하기. 단어 꼬리만 살짝살짝 바꾸는 국어사전 펼치기.
읽는 마음을 따뜻하게 데워주는 온도 높이기…

이들을 다 데려와 그릇 열두 개를 만들었습니다. 그릇마다

생각을 쓸어 담았습니다. 빨간 그릇엔 빨간색 생각을. 노란
그릇엔 노란색 생각을. 따뜻한 그릇엔 따뜻한 생각을. 생각
뷔페라 할 만합니다. 정철이라는 요리사 머릿속은 어떻게
생겼는지, 어떤 순서로 어떤 방법으로 혼자 브레인스토밍을
하는지 궁금하시다면 숟가락 들고 달려드십시오. 씹고
뜯고 맛보고 즐겨주십시오. 열두 그릇에 담긴 생각을 고루
섭취하시면 에세이 이상의 재미와 의미를 건질 수도 있을
것입니다. 흩어져 어지러운 내 생각을 모양 나게 그릇에 담아준
인플루엔셜 출판사의 김보경 님, 정다이 님 고맙습니다.

내가 나를 의심하며 저지른 작업은 어쨌든 이렇게 책 한
권이라는 결과를 만들었습니다. 이제 결과를 독자에게
넘깁니다. 생각이 번지는 모습을 한 장 한 장 넘겨보는 일이
불구경처럼 재미있으면 좋겠습니다. 부디 이 책이 작가 혼자
재미있었던 책으로 남지 않기를 빌어봅니다.

차례

프롤로그   004

꼬리 1.   018

늦가을 풍경에서부터 이야기를 시작해봅시다
― 시선 옮기기

하나를 본다. 전후좌우로 시선을 조금씩 옮기며
그 하나 곁에 어떤 녀석들이 꿈틀대는지 살핀다.
눈에 걸려든 모든 것에서 이야기를 끄집어낸다.

낙엽의 추락 022 ― 안개의 방해 023 ― 노을의 승리 025 ― 바람의 개입
026 ― 가을비의 기도 028 ― 구름의 증언 032 ― 태양의 후회 034 ―
연기의 연기 035 ― 벌레의 변신 038 ― 달팽이의 관심사 039 ― 뉴턴의
사과 042 ― 연아의 충고 043 ― 뿌리의 힘 044

인간이 발명한 위대한 혹은 위험한 녀석들
— 시선 비틀기

사물 하나에 능력 하나만 심어져 있는 건 아니다.
시선을 비틀면 처음 눈에 보이는 능력과 모순된 또 다른 능력이 보인다.
둘을 나란히 놓아본다.

시계의 초능력 050 — 소주의 초능력 052 — 화장지의 핵심 054 —
연필깎이의 일생 056 — 손톱깎이의 일생 057 — 양말과 모자 058
— 안경의 자기반성 060 — 안경의 변호인 061 — 보다 062 — 칼의
발견 065 — 총의 발끈 066 — 활의 늙음 068 — 자동차의 한계 069 —
비행기의 착륙 070 — 이런 발명품이 있을까 072 — 가족의 동의어 073

자신을 백설공주로 착각한 토끼가 있었다는데
— 파고들기

목에 깁스를 한다. 하나에만 시선을 고정한다.
그 하나 속으로 조금씩 깊숙이 파고든다.
줄줄이 엉킨 이야기들을 고구마 뽑듯 차례로 뽑아낸다.

토끼의 첫 데이트 078 — 쿵 080 — 눈 내리는 소리 082 — 누군가
다가오는 소리 084 — 찾아볼까, 내 매력 087 — 무대와 상대 088 —
풀리지 않는 궁금증 089 — 패배 후유증 090 — 승리 후유증 092 —
금토끼 은토끼 094 — 관전평 095 — 경주 다음은 경주 096 — 바보
첨성대 098 — 존경, 포석정 099 — 하지만 포석정 100 — 다보탑 유감
102 — 두 번째 데이트 104

그땐 그랬다지만 지금도 꼭 그럴까
— 도둑질하기

격언, 명언, 속담 뭐든 닥치는 대로 훔쳐온다.
훔쳐와 비틀고 흔들고 뒤집는다. 패러디하고 재해석한다.
경찰을 두려워하면 손에 쥘 수 있는 건 없다.

인간은 생각하는 갈대다 110 — 인내는 쓰고 열매는 달다 111 — 말 한 마디로 천 냥 빚을 갚는다 112 — 친구를 알려면 사흘만 함께 여행하라 114 — 돌다리도 두드려보고 건너라 115 — 길이 아니면 가지를 마라 116 — 사공이 많으면 배가 산으로 간다 118 — 죽느냐 사느냐 그것이 문제로다 119 — 펜은 칼보다 강하다 120 — 주사위는 던져졌다 122 — 믿는 도끼에 발등 찍힌다 124 — 돼지 목에 진주목걸이 125 — 강물도 쓰면 준다 126 — 먼저 핀 꽃이 먼저 진다 127 — 웃으면 복이 와요 131 — 행복의 반대말은 불행이 아니라 불만이다 132

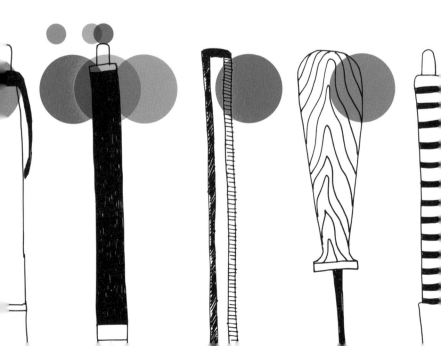

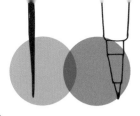

'잡'이라는 글자 하나를 붙들고 늘어지는 방법
— 국어사전 펼치기

국어사전은 꼬리 물기 교과서. 단어 하나를 찍은 다음
위아래 단어를 노려본다. 단어 꼬리만 살짝살짝 바꾸면
뱀보다 길게 생각을 연장할 수 있다.

잡 138 — 잡념 139 — 잡곡 140 — 잡음 142 — 잡상인 144 — 잡담 145 —
잡다 147 — 잡범 149 — 잡식 150 — 잡채 151 — 잡티 152 — 잡문 153 —
잡스 155 — 잡기 156 — 잡탕 157

한 사람에겐 몇 가지 이야기가 살고 있을까
— 잘라 보기

하나를 하나로 보지 않는다. 토막토막 잘라 열을 본다.
그러니까 하나가 시야에 들어왔다면
열 가지 이야기가 이미 찾아온 것이다. 먼저 우리 몸부터.

발 161 — 등 162 — 귀 163 — 눈 164 — 손 166 — 입 167 — 목 170 — 코
172 — 뺨 173 — 뼈 175 — 뇌 176 — 혀 177 — 이 178 — 맘 180 — 위 181
— 몸 182

도시의 오후를 풍경화 몇 장으로 그린다면
─그림 그리기

글자로 그림을 그린다. 귀에 대고 말로 이야기하는 게 아니라
그림을 그려 눈앞에 펼쳐 보여준다.
이야기를 더 생생하게 전할 수 있다.

받들어 휴대폰 188 ─ 건널목 현수막 189 ─ 할머니의 전단지 192 ─
엄마의 유모차 193 ─ 노점상의 꿈 196 ─ 축구공의 잘못 197 ─ 낮술의
위력 198 ─ 신호등의 색깔 199 ─ 아파트의 표정 200 ─ 놀이터엔 노인
203 ─ 하늘을 보는 사람 204 ─ 카페의 자유 206 ─ 잠긴 화장실 앞에서
207 ─ 미세먼지가 아니라 208

참새 이야기도 듣고 매미 이야기도 듣고
─입장 들어보기

동물도 말을 한다. 짹짹 말을 하고 맴맴 말을 한다.
그런 소리 하나하나에 자기 입장이 있다.
일리 있는지 없는지 판단은 나중에. 무조건 듣는다.

참새의 호소 214 ─ 독수리의 굴욕 216 ─ 갈매기의 진심 218 ─ 기린의
배려 219 ─ 사슴의 항의 220 ─ 들개의 항복 221 ─ 개의 변론 222 ─
소의 반론 224 ─ 쥐의 참견 225 ─ 고양이의 등장 227 ─ 하마의 하마
228 ─ 코끼리의 소신 229 ─ 원숭이의 슬픔 230 ─ 앵무새의 죄 232
─ 매미의 큰일 234 ─ 귀뚜라미의 질문 235 ─ 호랑이의 포효 236 ─
사자의 위엄 238 ─ 바람 가라사대 241

커피에게 마이크를, 가위에게도 마이크를
― 가까이에서 찾기

생각보다 많은 녀석들이 지금 내 손이 닿는 곳에 웅크리고 있다.
멀리서 생각을 찾지 말고 손을 뻗어 그들을 만난다.
그들 이야기를 듣는다.

커피, 걱정하다 246 ― 설탕, 혼자 놀다 248 ― PC, 한가하다 249 ―
옷걸이, 의자를 보다 250 ― 손수건, 조언하다 252 ― 키보드, 한숨 쉬다
254 ― 오타의 순기능 255 ― 가위, 반론하다 256 ― 연필, 고요하다 258
― 지우개, 으쓱하다 260 ― 도자기, 실패하다 262 ― 젓가락, 찾다 265
― 만년필, 반격하다 266

세상에서 가장 멋진 한 글자는, 왜
― 질문하기

엉뚱한 질문, 괴팍한 질문, 남들이 잘 하지 않는 질문,
질문 같지 않은 질문일수록 좋다.
물음표를 자꾸 던져야 느낌표를 건질 수 있다.

포유동물 고래가 왜 바다에서 살까 272 ― 멸치는 왜 몸집이 작을까
274 ― 고래와 멸치에게 공통점이 있을까 275 ― 슬픈 질문 하나 하고
지나갈게 276 ― 까치는 정말 좋은 새일까 277 ― 누구의 유언일까 278
― 도마뱀은 왜 멸종하지 않았을까 279 ― 바퀴벌레에게도 미덕이
있을까 280 ― 삼각관계는 어떻게 풀어야 할까 281 ― 고슴도치는 왜
고슴도치일까 284 ― 새는 왜 하늘을 날까 285 ― 우리가 생선회 맛을
알까 286

연필 내려놓고 뚜벅뚜벅 거리로 나가면
— 발걸음 옮기기

앉아서는 잡히지 않는 생각, 발이 잡아준다. 책상을 떠나 거리로 나간다. 발이 데려다주는 모든 곳 이야기를 듣는다. 발로 듣고 발로 생각하고 발로 쓴다.

편의점이 보였어 291 — 세탁소도 보였어 292 — 은행도 보였어 293 — 로또 판매점도 보였어 294 — 당구장도 보였어 295 — 꽃집도 보였어 296 — 밥집도 보였어 297 — 빵집도 보였어 298 — 앗, 반찬가게 299 — 버스정류장도 보였어 300 — 화장실도 보였어 302 — 택배 오토바이도 보였어 303 — 육교도 보였어 304 — 동냥그릇도 보였어 305 — 서점은 보이지 않았어 306

고맙습니다, 고맙습니다, 고맙습니다
— 온도 높이기

생각에도 온도가 있다. 사랑 긍정 희망 위로 감사 믿음 배려 같은 성분 위에 앉아 생각을 하면 글 온도가 올라간다. 읽는 마음을 따뜻하게 데워준다.

고맙습니다 연습 310 — 박카스 한 병, 고맙습니다 314 — 형광등, 고맙습니다 316 — 천장, 고맙습니다 318 — 종이, 고맙습니다 321 — 종이컵, 고맙습니다 322 — 어둠, 고맙습니다 323 — 국어사전 마지막 페이지, 고맙습니다 324 — 꽃님, 고맙습니다 326 — 나, 고맙습니다 328 — 가로등의 준비 330 — 분수의 기다림 332 — 자전거의 견딤 334 — 도를 아십니까 336 — 담벼락 낙서 1 337 — 담벼락 낙서 2 338 — 담벼락 낙서 3 339

안녕 341

생각은 떠오르는 게 아니라

찾는 것

꼬리 1.

늦가을
풍경에서부터
이야기를
시작해봅시다

시선 옮기기

하나를 본다.

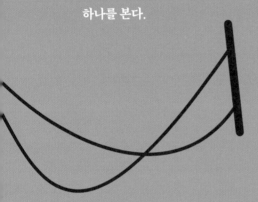

전후좌우로 시선을 조금씩 옮기며

그 하나 곁에 어떤 녀석들이 꿈틀대는지 살핀다.

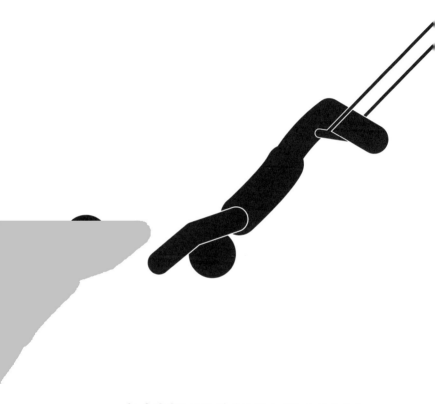

눈에 걸려든 모든 것에서 이야기를 끄집어낸다.

1

낙엽의 추락

낙엽은 땅에 떨어지며 무슨 생각을 할까. 지난여름 그 싱그러웠던 초록빛을 그리워할까. 이제 어디로 굴러가 새 삶을 살아야 할지 고민할까. 아니야. 아닐 거야.

착

지

오로지 착지. 매끄럽고 아름다운 착지. 10점 만점에 9.99를 받을 만한 황홀한 착지. 그래, 어제는 어제. 내일은 내일. 오늘에 집중. 지금 이 순간 가장 집중해야 할 일에 집중적으로 집중.

2
안개의 방해

내가 생각해도 정말 황홀한 착지였어. 내가 나에게 반할
뻔했으니까. 그런데 운이 없었어. 안개가 너무 짙었어. 누구도
내 착지를 보지 못했어. 억울해. 안개가 미워.

안개가 봤잖아.

안개는 지금쯤 강 건너 대나무 숲으로 갔을 거야. 그곳에서
자신이 본 지상 최고의 착지를 실감나게 전파하고 있을 거야.
소문은 곧 네 귀에도 닿겠지. 최선을 다해 집중한 시간은 결코
너를 배반하지 않아.

3

노을의 승리

낙엽이 멋진 낙하와 황홀한 착지에 성공하는 모습을 보며
우리는 이렇게 말하지. 낙엽이 진다. 노을이 황홀한 색으로
서쪽하늘을 제압하는 모습을 보며 우리는 또 이렇게 말하지.
노을이 진다.

하지만 우리는 알지.
진다는 말의 진짜 의미를 알지.

떠나야 할 때를 알고 조용히 내려오는 낙엽 네가 이겼어.
어둠에게 하늘을 양보할 줄 아는 노을 네가 이겼어. 낙엽과
노을은 늘 이기려고만 하는 우리에게 지는 것이 이기는 것보다
아름다울 수 있음을 가르쳐주지.

4

바람의 개입

일생에 한 번뿐인 착지. 그 귀한 순간을 볼품없이 망쳐버리는
낙엽도 있겠지. 환상적인 연기를 펼쳐야 한다는 생각이 부담을
낳고 부담이 경직을 낳았는지도 모르지. 그러나 끝은 아니지.
세상 모든 실패엔 다음이 있지.

바람이 있거든.
바람이 불거든.

바람은 낙엽을 훌쩍 들어 올려 황홀한 착지에 다시 도전하게
하지. 넘어졌다고, 실패했다고 고개 숙이고 눈물 훔치고 그러기
없기. 고개를 들어야 이마에 스치는 바람을 느낄 수 있으니까.
눈물에 젖지 않아야 바람에 몸을 실을 수 있으니까.

고개는 상하좌우 자유롭게 움직일 수 있도록

설계되어 있어. **고개를 들어볼까.**

시선을 바꿔볼까.

5
가을비의 기도

지금 내 위치는
해발 칠백 미터 먹구름 속.

나도 낙엽처럼 부드럽게 낙하하고 싶어. 그런데 그게 쉽지 않아.
내 낙하는 수백 미터짜리잖아. 먼 거리를 내려와야 하니 곡선을
그리기 어려워. 그래서 내 낙하는 늘 수직. 내 착지는 늘 경직.
그렇다고 포기하지는 않아. 나는 착지 후 수증기로 변신해 다시
하늘에 오르지. 다시 뛰어내리지. 유연성은 부족하지만 체력
하나는 내가 타고난 것 같아.
자, 다시 내려간다. 이번엔 우아한 낙하가 되길 간절히 기도하며
출발. 그러나 내 몸은 또다시 직진. 하늘에서 땅으로 긴 직선을
긋는 매력 없는 낙하. 아, 또 실패인가. 실망하려는 순간 갑자기
몸이 새털처럼 가벼워졌어. 낙엽처럼 사뿐사뿐 낙하하기
시작했어. 어? 이게 뭐지? 그래, 하늘이 내 기도를 들은 거야.
포기하지 않는 나를 기특하게 여긴 거야. 감격. 감읍. 감사.

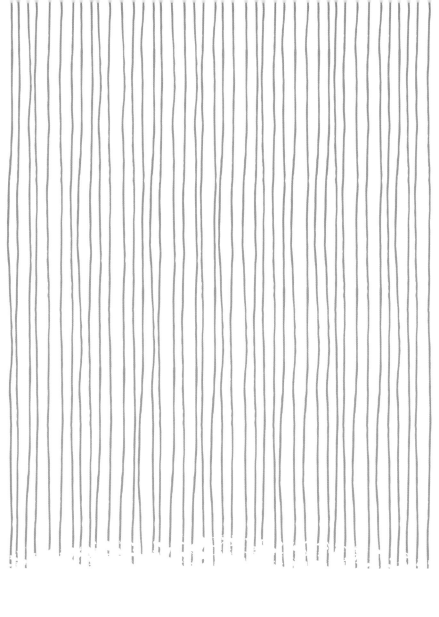

그때 저 아래에서 사람들 목소리가 들렸어.

6

구름의 증언

나 구름은 비에 관한 증언을 함에 있어
양심에 따라 숨김과 보탬 없이
사실 그대로를 말할 것을 약속합니다.

비는 내 품에서 자나 깨나 멋진 낙하를 꿈꾸었습니다.
뛰어내리는 순간까지 간절히 기도했습니다. 낙하 직전 그는
늘 이렇게 말했습니다. 실패하면 또 올라오죠, 뭐. 그랬습니다.
그는 실패와 친했습니다. 실패를 두려워하지 않았습니다.
그래서 봄, 여름, 가을을 견딜 수 있었고 마침내 눈이 되어
우아하게 황홀하게 낙하할 수 있었습니다. 지침 없는 그의
도전이 결실을 맺은 거라는 말에 물론 동의합니다. 하지만

그를 오랫동안 깊이 들여다본 나는 이렇게 증언하고 싶습니다.
그건 여유와 긍정이 해낸 일이라고.

여유 없는 도전은 자꾸 조급해지고
긍정 없는 도전은 갈수록 움츠러드니까요.

7

태양의 후회

나는 왜 맨날 햇빛만 내려 보냈을까. 왜 나뭇잎에게 광합성만 적당히 선물하면 그것으로 충분하다고 생각했을까. 그깟 광합성 따위로는 계절을 넘지 못한다는 것을, 겨울을 이길 수 없다는 것을 왜 몰랐을까. 겨울을 제압하는 방법은 내가 직접 뛰어 내려가는 것뿐인데 왜 그런 시도조차 하지 않았을까. 내가 하지 않으면, 내 몸을 던지지 않으면 아무것도 얻을 수 없다는 사실을 왜 나만 몰랐을까.

그래, 사람들은 이미 다 알고 있었어.
그래서 그들은 나를 가리키며 늘 이렇게 말했어.

해.

8
연기
의
연기

모두가 땅을 향하는데 연기는 달랐어. 녀석은 중력에

저항하며 하늘을 향했어. 하늘은 멀었어. 과연

끝이 있는 건지 확신도 없었어. 지루했고 힘들었고

외로웠지. 그러다 땅을 향해 부지런히 내려오는

햇빛을 만났어. 반가웠어.

안녕!

하지만 햇빛은 뭐가 그리 바쁜지 눈길도 주지 않고 스쳐
지나가버렸어. 연기도 반가운 표정을 얼른 거둬들였어.
처음부터 반가운 마음이 없었던 것 같은 표정을 지었어.
괜히 더 외로워졌어. 조금 더 올라가다 비를 만났지. 하지만
비 역시 무관심 무반응 무표정.

연기는 뒤늦게 알았어. 세상은 더 이상 반가움 따위에 시간을
허비하지 않는다는 것을. 누구를 만나도 먼저 반가운 표정 짓는
실수를 해서는 안 된다는 것을. 상대 표정을 빠르게 살피며
그에 걸맞은 반응을 보여야 한다는 것을. 그렇게 했어. 처음엔
어색했지만 그것도 자꾸 하니 늘더래. 마음과 다르게 짓는
표정이 차츰 자연스러워지더래. 이제 알겠지? 꾸며서 하는
표정이나 동작을 왜 연기라 부르게 되었는지.

그렇게 연기는
어른이 되고 말았어.

9

벌레의 변신

나뭇잎을 갉아 먹고 사는 벌레가 있었어. 잎이 누렇게 변하자 녀석은 겨울에도 살아남는 사철나무로 재빠르게 이사했지. 낙엽에게 그동안 고마웠다는 인사도 없이. 잘 가라는 배웅도 없이. 누군가는 배신이라 했지만 녀석은 변신이라 우겼지. 그러던 어느 날 녀석 귀에 이런 얘기가 들렸어.

일찍 일어나는 벌레가 새에게 잡아먹힌다.

녀석은 무릎을 쳤지. 또 한 번 변신했지. 새들의 아침식사가 끝날 무렵으로 기상 시간을 바꾼 거야. 배부른 새는 먹이를 탐하지 않을 테니까. 그래서 오래오래 잘 살았냐고?

점심 때 먹혔어.

10

달팽이의 관심사

지금 막 착지에 성공한 낙엽이 주위를 두리번거렸어. 달팽이 한
마리가 꼬물꼬물 기어가고 있었어. 그 모습이 우스웠어. 웃지는
않았어. 그를 붙잡고 물었지. 내 낙하가 어땠는지. 착지는
어땠는지. 멋있었는지. 달팽이가 대답했어.

길 막지 말고 저리 비켜서줄래?
이렇게 부지런히 달려가도
내일 아침에나 집에 도착한다고.

세상엔 '어디에' 하나 챙기는 것도 버거운 이들이 있지.
그들에게 '어떻게'를 묻지 말 것. 나의 '어떻게'를 자랑하지도 말
것. 낙엽에겐 우스워 보이는 '꼬물꼬물'이 달팽이에겐 목숨을
건 질주일 수도 있으니.

시선을 아무리 분주하게 옮겨도
우리 눈으로 땅속을 들여다볼 수는 없어.

그러나 우리에겐 상상력이라는 세 번째 눈이 있지.

11
뉴턴의 사과

오래 전 사과나무 아래에서도 착지가 있었지.

하지만 나 뉴턴은 눈을 뜨고도 사과가 착지하는 걸 보지
못했어. 만유인력이라는 법칙 하나 발견하고 입증하는 일에만
정력을 쏟느라 사과에겐 무심했어. 기립박수를 받을 만한
착지였는데 반응이 전혀 없어 사과가 많이 외로웠을지도 몰라.
착지 중 크게 타박상을 입었는데 누구도 상처를 만져주지
않아 오랜 시간 아팠을지도 몰라. 사람들은 내가 사과가 땅에
떨어지는 것을 봤다고 떠들지만 사실 그날 나는 사과를 보지
않았어. 만유인력만 본 거야. 내가 보고 싶은 것만 본 거야.
미안해. 사과할게.

많이 늦었지만 이제라도 과학이, 아니 모든 학문이
누군가의 외로움이나 아픔에도 관심을 가졌으면 좋겠어.

12
연아의 충고

자세 좋고 리듬 좋고 높이 좋고 착지까지 다 좋아. 표정도
완벽해. 기술점수, 예술점수 모두 만점이야. 잘 해냈어. 그런데
지금 뭐하는 거지? 방금 그 자세 그 리듬 잊지 않으려고 다시
집중하는 거라고?

바보.

잊어. 다 잊어. 네가 너에게 칭찬 한 번 해주고 기억에서 지워.
집중이 끝나면 헝클어질 필요가 있어. 나태해질 필요가 있어.
그래야 인생에 리듬이 생기거든. 그래야 다음 집중에 제대로
집중할 수 있거든.

집중을 방해하는 건 너무 많은 집중이야.
쉬지 않는 집중이야.

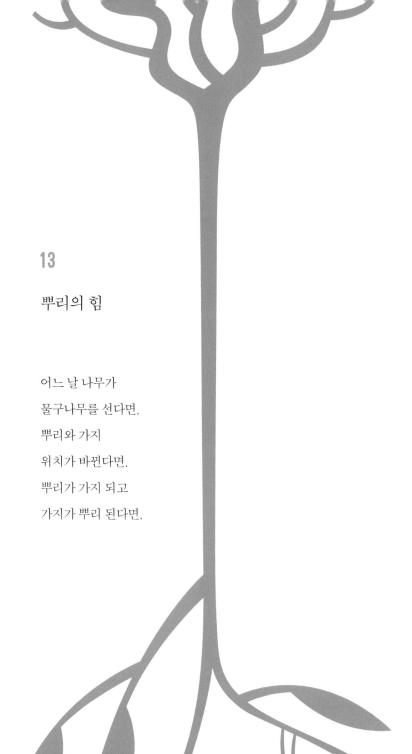

13

뿌리의 힘

어느 날 나무가
물구나무를 선다면.
뿌리와 가지
위치가 바뀐다면.
뿌리가 가지 되고
가지가 뿌리 된다면.

땅속으로 들어간 가지는 호흡곤란을 호소할 거야. 햇볕은 어디 갔느냐고 투덜댈 거야. 새소리도 들리지 않는다고 짜증낼 거야. 제발 바람 좀 만나게 해달라고 떼를 쓸 거야. 숲은 가지의 웅얼웅얼 칭얼칭얼 때문에 그날로 시장 바닥이 될 테고 더는 숲길을 산책하려는 사람이 없겠지.

숲이 고요한 건 뿌리의 힘.
묵묵히 짊어져야 할 것을 짊어지는 힘.

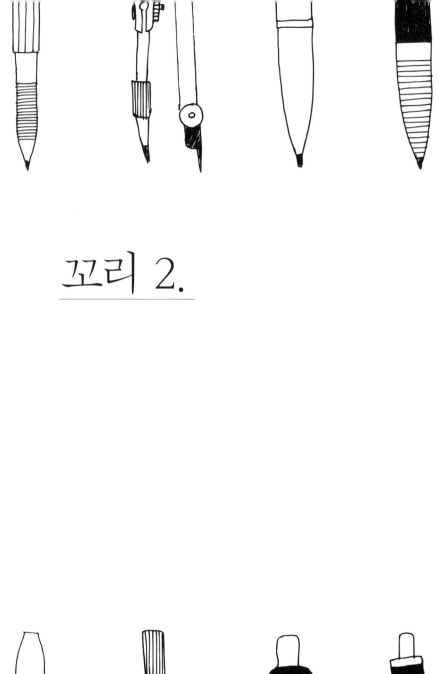

꼬리 2.

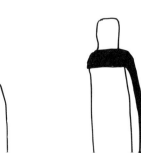

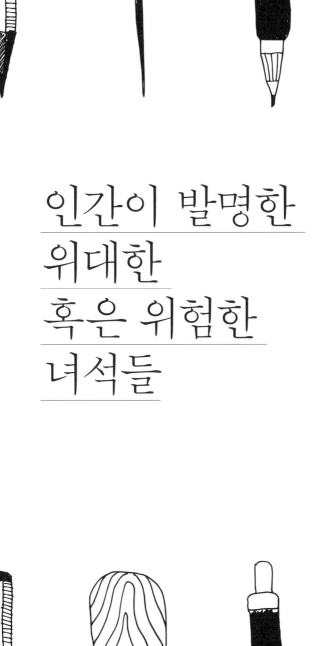

인간이 발명한
위대한
혹은 위험한
녀석들

시선 비틀기

사물 하나에 능력 하나만 심어져 있는 건 아니다.
시선을 비틀면 처음 눈에 보이는 능력과 모순된
또 다른 능력이 보인다. 둘을 나란히 놓아본다.

1

시계의 초능력

인간이 만들었지만 인간은 도저히 따를 수 없는 능력. 과학과
의학이 아무리 발달한다 해도 인간은 흉내조차 낼 수 없는 능력.
오로지 예수만이 가능했던 초능력.

죽었다 살아난다.

이런 울트라 초능력을 가진 녀석이 하루 종일 벽에 달라붙어 하는
일은 고작 내 점심시간 알려주는 일. 내 퇴근시간 챙겨주는 일.
일에는 귀하고 천한 게 없다지만 이건 아니지. 그만한 능력이면
종교 하나쯤은 가볍게 만들었어야지. 아무리 못해도 〈죽었다
살아나면 비로소 보이는 것들〉이나 〈죽은 자들을 위한 넓고 얇은
지식〉 같은 베스트셀러 몇 권쯤은 써 냈어야지.

세상에서 가장 슬픈 일은 자신의 능력을 자신이 모르는 것.
스스로를 과소평가하며 움츠러드는 것.

2

소주의 초능력

너를 만나면 나는,
죽었다 살아난다.

3
화장지의 핵심

녀석은

도마뱀

외유와

내강을

겸비한

도마뱀

사람을

만나면

자신의

일부를

끝없이

자르고

자르고

자르지

그러나
자신의
뼈대는
자신의
핵심은
끝까지
지키지

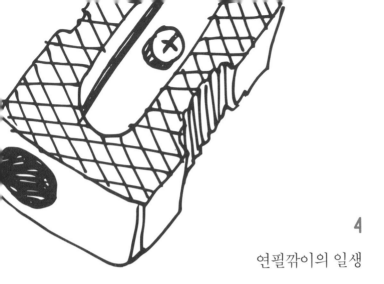

4

연필깎이의 일생

죽는 날까지 딱 한 가지 일만 하는 녀석. 오로지 연필 깎는 일만
하는 녀석. 요리도 청소도 간호도 운전도 다른 어떤 일도 할 줄
모르는 녀석. 다재다능, 팔방미인 같은 말과는 거리가 먼 녀석.
그러나 세상은 녀석에게 다른 일을 배우라고 강요하지 않아.
새로운 기술 익히라고 다그치지 않아. 왜? 연필을 잘 깎으니까. 잘.

나는 무엇을 잘.

5
손톱깎이의 일생

손톱깎이의 일생은 연필깎이의 일생과 같을까. 평생 손톱 깎는
일 하나만 할까. 얼핏 생각하면 그럴 것 같은데 실은 그렇지 않아.
발톱도 깎지. 하는 일의 영역을 넓히려면 손톱깎이처럼. 하던 일
접고 새로운 일 찾을 때도 손톱깎이처럼.

너무 멀리서 찾지 말 것.

6
양말과 모자

양말아, 힘들지?

평생 냄새 풀풀 나는 발을 껴안고 살아야 하니 얼마나 피곤할까.
하루 종일 신발에 포위되어 숨도 제대로 못 쉬니 얼마나 괴로울까.
다른 옷과 똑같이 사람 몸 덮어주는 일을 하는데 혼자만 옷으로
인정받지 못하니 또 얼마나 자존심 상할까. 딱하다. 너는 사람 머리
위에 올라앉은 모자가 몹시 부러울 거야.

그런데 모자 너도 힘들지 않니?

너는 사람 머리가 발바닥보다 차갑다는 사실을 알잖아. 사람 머릿속이 발가락 사이에 낀 때보다 더 흉측한 냄새가 난다는 사실도 알잖아. 머리에게 좋은 생각이 있어도 발이 움직여주지 않으면 그건 공상 망상에 불과하다는 사실도 잘 알잖아. 안타깝다. 너는 발을 껴안고 사는 양말이 한없이 부러울 거야.

기억나지 않겠지만 양말 네 전생은 지금 네가 부러워하는 모자였어. 모자 네 전생은 양말이었어. 남의 인생이 커 보이지만 그건 착시일 수도 있어.

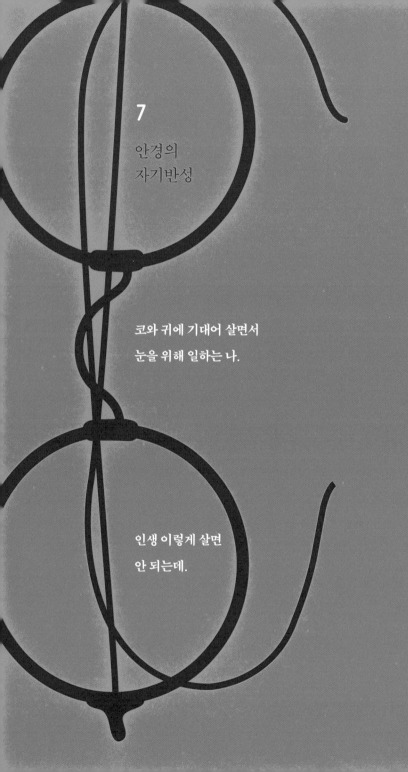

7

안경의
자기반성

코와 귀에 기대어 살면서
눈을 위해 일하는 나.

인생 이렇게 살면
안 되는데.

8
안경의 변호인

안경닦이가 안경알을 정성스레 닦으며 말했어.

안경, 네가 눈을 위해 열심히 일하면 어떤 일이 일어나는지 잘
생각해봐. 작가는 네 덕에 세상을 섬세하게 관찰할 수 있지.
섬세한 관찰은 빛나는 발견을 낳지. 빛나는 발견은 싱싱한 글을
낳지. 싱싱한 글은 뜨거운 반응을 낳지. 그 뜨거운 반응을 듣는 건
누구지? 귀잖아. 네가 귀를 행복하게 해주는 거야. 때론 반응이
너무 과분해 코가 시큰해질 때도 있지. 그래, 네가 코를 행복하게
해주는 거야.

괜찮아. 너 잘 살고 있어.

9

보　————————————————

친구를 보다.

만화를 보다.

벚꽃을 보다.

하늘을 보다.

'보다'가 동사라면 열심히 사용해야지. 코와 귀에 기댄 안경알이
닳아 없어질 때까지 열심히 사용해야지. 보지 않으면 멀어지니까.
멀어지면 사라지니까. 하지만 이게 동사가 아니라면 얘기가
달라지지. 보다 신중히, 보다 까다롭고 섬세하게 사용해야지.

다

시작보다 끝이
바다보다 산이
영화보다 책이
겨울보다 봄이
사과보다 귤이
담배보다 술이
교회보다 절이
현실보다 꿈이

이렇게 둘을 잘라 비교하는 말은
어느 하나에게 치명상을 줄 수도 있으니.

발명이 문명을 낳지만

문명은 비명을 낳을 수도 있어.

10

칼

의 발견

칼이라는 무기를 발견한 사람은 대장장이도 군인도 아니었을 거야. 작가였을 거야. 술 좋아하는 작가. 그가 키보드 앞에 앉아 '말'을 치려다 실수로 '칼'을 쳤을 거야. 손이 흔들렸을 테니까. 미음 바로 아래에 키읔이 있으니까. 나중에 오타임을 발견했지만 그대로 뒀을 거야. 둘은 같은 뜻이니까. 말이 칼이니까. 말로도 사람을 죽일 수 있으니까.

11

총의 발끈

말이 칼이라니. 말도 안 돼. 말은 칼이 아니라 총이야. 칼이나
총이나 사람 쓰러뜨리는 건 똑같지 않느냐고? 아니야. 같지 않아.
총을 쏘면 탕! 소리가 나지만 칼로 누군가를 찌를 땐 소리가 나지
않아.

소리 없는 **간섭**. 소리 없는 **충고**. 소리 없는 **호통**.
소리 없는 **비난**. 소리 없는 **협박**.

이런 건 없어. 소리 없는 말은 없어.
남의 심장을 향해 탕! 탕! 탕! 이게 말이야.

가만, 이게 내가 발끈할 일인가? 두 손 들고 입 다물고 반성할
일이잖아. 아, 정말 큰 문제야. 생각이 일을 마치기 전에 방아쇠부터
당기는 이놈의 입.

12

활의 늙음

최근 활을 본 적 있니? 화살을 본 적 있니? 없을 거야. 활의
전성시대는 오래 전 화살처럼 휙 지나가버렸으니까. 이미
누구도 주목하지 않는 늙은 무기가 되어버렸으니까. 4년에 한 번
올림픽마저 없었다면 활은 지금 박물관 돌도끼 곁에 누워 있을
거야.

왜 사람들은 늙음을 죽음으로 생각할까.

늙었다는 건 아직 죽지 않았다는 뜻인데, **내일이 있다는 뜻인데** 왜
처음부터 없었던 존재인 것처럼 대할까. 왜 자신의 가까운 미래에
등을 돌릴까.

13
자동차의 한계

최고급 캐딜락 뒷좌석에 앉아 아침 일찍 강변북로를 달리는 기분.
경험해보지 못한 사람은 모를 거야. 알려줄까.

인간이 만든 자동차라는 발명품이 인간이 만든 출근시간이라는
발명품에게 맥을 못 추는 거지. 발명이 늘어날수록 우리 움직임은
쪼그라들고 있어. 이러다 십리도 못 가 발병 날 거야.

14
비행기의 착륙

비행기는 아무 곳에나 착륙할 수 없어. 울퉁불퉁한 곳, 질퍽질퍽한
곳에는 착륙할 수 없어. 넓고 평평한 곳, 환하게 불을 밝힌 곳에만
착륙할 수 있지. 우리 인생도 늘 그런 안전한 곳에 착륙하고 싶어
하지. 울퉁불퉁 피하고 질퍽질퍽 피하고 넓고 환한 곳에 착륙하고
싶어 하지. 우린 그런 바람을 꿈이라고 하지. 그런데 착륙하기 전 꼭
취해야 할 행동이 뭔지 알아?

이륙.

바퀴 여러 개를 전속력으로 움직여 그 무거운 몸을 허공에 띄우는,
이륙이라는 행동을 한 비행기에게만 착륙이 허락되지. 화려한
착륙을 꿈꾸는 우리. 과연 이륙은 했을까. 바닥을 기며 현실을
박차고 뛰어오르려는 노력은 했을까. 이륙도 하지 않았다면 착륙은
없어. 꿈에 닿는 일은 없어.

15

이런 발명품이 있을까

따뜻할 것. 늘 가까이 있을 것. 위로와 용기와 희망을 줄 것.
사용설명서 읽지 않아도 이해할 수 있을 것. 시간이 흘러도
고장 나거나 변질되지 않을 것. 계절 영향을 받지 않을 것.
유통기한이 정해져 있지 않을 것. 젖은 손으로도 만질 수 있을
것. 복제할 수 없을 것. 일부 계층만이 아니라 누구나 가질
자유가 있을 것. 우주선이나 타임머신도 그 위대함을 인정하고
뒤로 한 걸음 물러날 것.

이런 발명품이 과연 있을까.
딱 하나 있어.

가족.

16

가족의 동의어

가족 − 족발 − 발각 − 각질 − 질소
− 소원 − 원인 − (　　) − 생색 −
색동 − 동창 − 창문 − 문맹 − 맹인
− (　　) − 생년월일 − 일기 − 기술
− 술잔 − 잔디 − 디자인 − (　　) −
생략.

꼬리 3.

자신을
백설공주로
착각한 토끼가
있었다는데

파고들기

목에 깁스를 한다.
하나에만 시선을 고정한다.

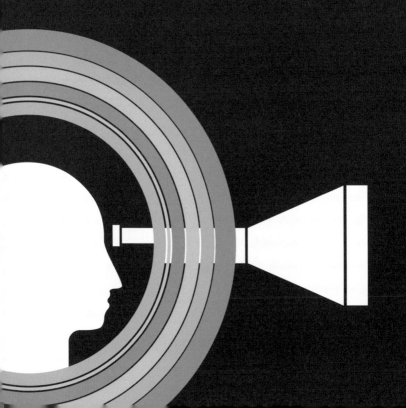

그 하나 속으로 조금씩 깊숙이 파고든다.

줄줄이 엉킨 이야기들을 고구마 뽑듯 차례로 뽑아낸다.

1

토끼의 첫 데이트

"거울아 거울아,
세상에서 누가 제일 예쁘니?"

토끼야 토끼야, 너는 아니야. 솔직히 너는
약간 비만. 먹는 걸 좋아하니 어쩔 수 없지.
앞다리가 유난히 짧은 것도 감점. 걷는 폼이
우아하지 못해. 나무에 오르는 것도 큰
숙제지. 피부가 깨끗한 편이긴 해. 하지만
너무 단조롭다는 느낌도 들어. 오늘이 첫
데이트라 했지? 마구 걱정된다.

자신이 백설공주 닮았다고 믿었던 토끼는
거울의 팩트 폭격에 자신감을 잃었어.

그렇다고 첫 데이트를 포기할 수는 없었어. 다람쥐가 기다리는
숲으로 갔어. 둘은 나란히 걸으며 버지니아 울프의 생애와
목마를 타고 떠난 숙녀의 옷자락 이야기를 했어. 그때까지는
분위기 좋았지. 나무 한 그루가 그들을 막아서기 전까지는.
다람쥐는, 나무쯤이야, 하면서 능숙하게 나무에 올랐어.
하지만 토끼는 멈칫. 여기서 나무라니. 하필 나무라니. 이게
무슨 운명의 질투란 말인가. 아무래도 데이트는 비극으로 끝날
것 같은 예감.

2

쿵

토끼는 용기를 냈어. 엉금엉금 기어 나무에 올랐지. 겨우
나무에 올랐는데 숨도 채 고르기 전에 다람쥐가 건너편으로
뛰어내렸어. 사뿐. 그야말로 사뿐이었어. 토끼는 어정쩡한
자세로 몸을 던졌지. 하지만 다람쥐처럼 사뿐히 내려앉는
착지는 흉내 낼 수 없었어.

쿵.

사뿐이 아니라 쿵이었어. 착지가 아니라 추락이었어. 토끼는
창피했어. 자신의 무거운 몸이 미웠어. 데이트 실패를 인정하며
산 아래로 단숨에 뛰어 내려가버렸어. 나무 아래에서 이를
지켜보던 다람쥐가 토끼를 안타까워했을까? 비웃었을까?

아니야, 다람쥐는 눈에 하트를 그렸어. 토끼의 황홀한 질주를
바라보며 입을 다물지 못했어.

3
눈 내리는 소리

풀죽은 토끼가 정신없이 달려가는데 비가 눈으로 바뀌기
시작했어. 첫눈. 뛰어가는 토끼의 이마에, 볼에 눈이 부딪혔어.
소리가 났어. 눈과 부딪힐 때마다 소리가 났어.

톡톡 탁탁.

눈 내리는 소리를 들은 적 있니? 없겠지. 부드러운 낙하와
고요한 착지에 소리가 있을 리 없잖아. 하지만 토끼 귀엔
들렸어. 눈과 부딪힐 때마다 나는 그 미세한 소리. 속도를
높일수록 소리는 더 또렷해졌지.

톰톰 탐탐.
통통 탕탕.

질주하는 자만이 들을 수 있는 오묘한 소리. 거북이나 달팽이는
들을 수 없는 싱싱한 소리. 토끼는 금세 표정이 밝아졌고
우쭐해졌고 네 다리에 더욱 힘을 줄 수 있었어. 눈 내리는
소리를 온몸으로 들을 수 있는 자신의 질주가 자랑스러워진
거야.

찾으면 있지.
내 안에 숨은 나만의 매력.

4
누군가 다가오는 소리

얼마나 달렸을까. 토끼는 지칠 대로 지쳤지. 눈밭에 엎어졌어.
눈은 폭신한 담요가 되어 토끼를 받아주었지. 이대로 한잠
자고 다시 뛰어야겠다. 토끼는 눈을 감았어. 그때 무슨 소리가
들렸어.

북북 박박.

누군가 눈밭을 걸어 다가오는 소리. 토끼는 본능적으로 위협을
느꼈지. 가늘게 눈을 뜨고 소리의 정체를 살폈어. 늑대? 그래,
늑대였어. 늑대는 이미 토끼가 손을 쓸 수 없을 만큼 가까이
다가와 있었어. 소리는 점점 더 또렷해졌지.

푹푹 팍팍.
북북 빡빡.

아, 끝났다. 토끼는 체념했어. 눈을 질끈 감았어. 그런데 이게 웬일이지? 소리가 점점 멀어지잖아. 늑대에게 자비라는 게 있을 리 없는데 소리가 멀어지다니. 그래, 늑대는 토끼를 발견하지 못한 거야. 토끼 피부는 눈과 같은 색. 그래서 엎드린 토끼를 쌓인 눈으로 알고 지나친 거야. 토끼는 자신의 단조로운 컬러에 난생처음 감격했어. 더는 공작이나 얼룩말 패션을 부러워하지 않기로 했어.

찾으면 얼마든지 있지.
내 안에 숨은 나만의 매력.

토끼만 거울을 보라는 법은 없지.

거울아 거울아, 내 매력을 알려주지 않을래?

5

찾아볼까, 내 매력

전자제품 사용설명서를 독해하지도 이해하지도 못한다는
것. 인간미. 다음 주 술 약속이 둘. 하나가 아니라 둘. 아직은
만나주는 사람이 있다는 것. 아직은. 허접한 글 한 줄 쓰고
그것을 읽으며 고개를 끄덕인다는 것. 꽤 두꺼운 긍정. 내 딸이
나를 존경한다는 것. 꼭 필요한 착각. 발이 예쁘게 생겼다는 것.
관찰력. 애국가 4절까지 외운다는 것. 우월한 뇌. 사람 이름을
잘 기억하지 못한다는 것. 불완전이라는 매력. 이런 글을 주저
없이 쓴다는 것. 하하하.

찾아볼까, 당신 매력.

6

무대와 상대

자신감이 충만한 토끼는 질주본능을 참지 못했어. 거북에게
경주를 제안했지. 겨뤘지. 졌지. 왜 졌을까. 자신감이
자만심으로 질주해버린 거야. 그래, 인생은 우리에게 늘 두
가지 질문을 던지지.

무대.   상대.

어떤 **무대**에 오를 것인가.
어떤 상대와 겨룰 것인가.

토끼는 질주라는 **무대**를 잘 골랐지만 상대를 잘못 골랐지. 너무
버거운 상대도, 너무 만만한 상대도 내 상대는 아니지.

풀리지 않는 궁금증

자신감 충만 토끼가 거북과 겨뤘다는 것도 알고 토끼가 졌다는
것도 알아. 자신감이 자만심으로 질주해서 졌다는 것도 알겠어.
그런데 여전히 풀리지 않는 궁금증.

토끼는 산에 살고 거북은 바다에 사는데
둘은 도대체 어디에서 어떻게 만나 경주를 했을까.

8

패배 후유증

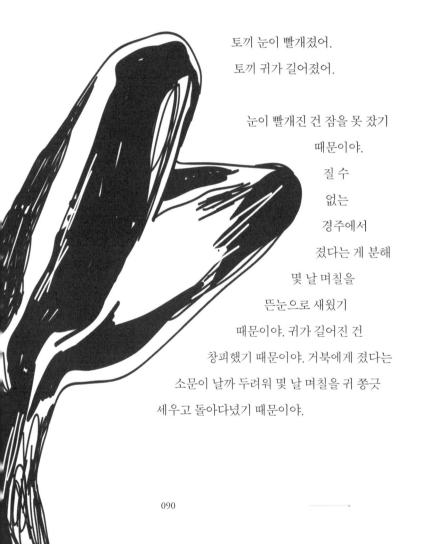

토끼 눈이 빨개졌어.
토끼 귀가 길어졌어.

눈이 빨개진 건 잠을 못 잤기
때문이야.
질 수
없는
경주에서
졌다는 게 분해
몇 날 며칠을
뜬눈으로 새웠기
때문이야. 귀가 길어진 건
창피했기 때문이야. 거북에게 졌다는
소문이 날까 두려워 몇 날 며칠을 귀 쫑긋
세우고 돌아다녔기 때문이야.

패배보다 무서운 건 패배 후유증.

몸도 마음도 다 뭉개지는 안쓰러운 후유증.

잘 생각해보면 별거 아닌데. 고작 1패인데. 인생 살다보면
어차피 100패, 1000패 하게 될 텐데. 후유증 남기지 않으려면
질 때 잘 져야지. 잘 지는 법은 1패 앞에 고작 두 글자를
붙이는 것.

거북은 마냥 행복했을까.

아니, 거북도 후유증을 앓았을 거야.

9

승리 후유증

거북이 앓은 건 승리 후유증.
어쩌면 패배 후유증보다 훨씬 안타까운 후유증.

거북이 우연히 치타를 만났지. 괜히 한 대 때렸지. 나 잡아봐라
도망갔지. 1미터도 못 가 붙잡혀서 된통 혼났지. 어, 이게
아닌데. 이상하다고 생각했지. 믿을 수 없었지. 이번엔 표범을
건드렸지. 또 붙잡혀서 실컷 얻어맞았지. 그 후 거북은 괴상한
습관이 생겼지. 거북등 속에 머리와 손발 다 집어넣고 꼼짝
않는 습관.

승리.
자만.
과욕.
좌절.
자폐.

이것이 승리 후유증 공식. 후유증 남기지 않으려면 잘 이겨야지.
잘 이기는 법은 잘 지는 법과 다르지 않아. 1승 앞에 어쩌다
세 글자를 붙이는 거야.

이

　　찌

다

한 번 이겼는데
자만은 무슨.

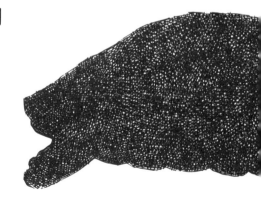

10
금토끼 은토끼

거북이 길을 걷는데 연못에서 산신령이 불쑥 솟아올라 물었어.
네가 이긴 토끼가 이 토끼냐? 아니요, 저는 그렇게 금빛 찬란한
토끼를 본 적 없습니다. 그럼 이 토끼냐? 아니요, 그렇게 은은한
털을 가진 토끼를 본 적도 없습니다. 그럼 이 토끼가 맞겠구나.
예, 맞습니다. 그 토끼 맞습니다.

그렇다면 다시 묻겠다.

너는 토끼를 이겼느냐?

11

관전평

토끼와 거북 경주를 지켜본 소감. 일단 실망. 실망한 이유는
토끼도 거북도 왜가 없었다는 거야. 왜 경주를 해야 하는지.
왜 최선을 다해야 하는지. 왜 이겨야 하는지. 이런 왜가 전혀
없었다는 거야.

경주할래?

경주하자.

이게 전부였다는 거야. 그래서 생각지도 못한 승리와 믿을 수
없는 패배라는 뜻밖의 결과를 받아든 거지. 왜가 없으면 의욕도
가라앉고 과정도 부실해지고 결과도 의미 없어지지. 달리기
전에도 달리면서도 끊임없이 왜라는 질문을 던졌어야 했어.
달리는 속도와 방향은 결국 왜가 결정하니까. 토끼와 거북 모두
경주 후유증에 시달린 이유 역시 왜가 없는 달음박질을 했기
때문일 거야.

12

경주
다음은
경주

競走

토끼 이야기에서 경주 이야기까지 왔어. 자, 이제 꼬리를 누가 물어야 할까. 토끼와 거북이 등장했으니 여우나 늑대가 물어야 할까. 꼭 그렇지는 않아. 예상을 빗나가는 게 더 재미있을 수도 있어. 첨성대, 포석정, 다보탑 이런 녀석들은 어때? 그들도 경주잖아. 그래, 기분 전환도 할 겸 경주에 잠깐 들르자.

13

바보 첨성대

별을 관찰하겠다고 우뚝 선 첨성대. 당시로는 나름 높이를
과시했지. 바보짓이었어. 별, 너를 내가 주시하고 있어, 하고
자수한 꼴이었으니까. 납작 엎드렸어야지. 땅바닥에 딱
달라붙었어야지. 실은 별들이 첨성대를 관찰했을 거야. 가끔
별똥별 내려 보내 첨성대가 무슨 짓을 하는지 보고서 써서
올리라고 했을 거야. '폼만 잔뜩 잡았지 하는 일 없음'이라고
보고했겠지.

그때도 지금도 바보들은 몰라.
낮고 겸손한 자세를 더 우러러본다는 사실을.

14

존경, 포석정

천 년을 낮은 곳으로 낮은 곳으로 흐르고 있잖아.

15

하지만 포석정

왜 물이 빙빙 돌며 흐르게 설계했을까. 술잔을 흐르게 하기
위함이었지. 술잔이 되돌아오는 동안 시 한 수 짓기 위함이었지.
술 한 잔에 시 한 수. 멋있었을 거야. 술잔이 한 바퀴 돌면
시집 한 권이 뚝딱 꾸려졌을 거야. 그런데 그곳 신라에도 이런
사람이 있지 않았을까.

술은 좀 하는데 시는 못하는 사람.
시는 좀 하는데 술은 못하는 사람.

이들은 어땠을까. 괴로웠겠지. 주막과 서당을 하나로 묶는 건
쉬운 일이 아니지. 그러니 약속해줘.

술자리에서 사망할 때까지 벌주 먹이는 게임 하기 없기.
요즘 무슨 책 읽느냐고 다그쳐 묻기 없기.
내가 좋아하는 그것을 그 사람도 좋아할 때까지 조용히
기다려주기.
기다려도 반응이 없으면 조용히 포기하기.

16

다보탑 유감

10원 동전엔 다보탑.

50원 동전엔 벼.

100원 동전엔 이순신.

500원 동전엔 학.

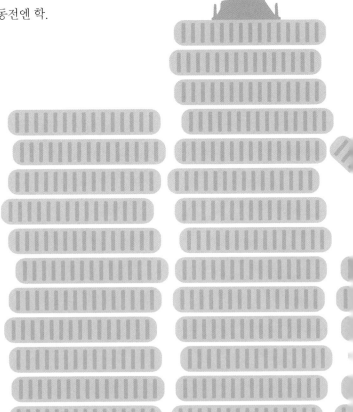

이런 순서는 누가 정했을까. 이런 가치는 누가 매겼을까. 다보탑 50층을 쌓아야 학 한 마리와 겨우 같아지는 수학이 과연 맞는 걸까. 학의 가치는 훨훨 날아오르는 자유. 탑의 가치는 묵묵히 자리를 지키는 인내. 둘 다 포기할 수 없는 가치인데 인내에게 너무 인색한 건 아닐까.

인내 없는 자유는 한순간 고꾸라질 수도 있는데.

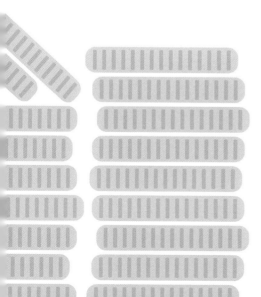

17

두 번째 데이트

경주를 빠져나오려고 경주역을 향했어. 왕릉이 보였어. 왕릉
위에 토끼 한 마리가 보였어. 토끼 곁에 다람쥐 한 마리가
보였어. 둘은 나란히 앉아 선덕여왕의 생애와 천리마를 타고
떠난 김유신의 옷자락을 이야기하고 있었어.

무엄하게도 왕릉 위에 앉아서.
무엄하게도 천년 역사 위에 앉아서.

왕릉을 관리하는 공무원이 깜짝 놀라 그들을 쫓았어. 토끼는
쾌속 질주로, 다람쥐는 나무 타기로 위기를 벗어났어. 그들
매력은 위기 때 더욱 빛났어. 공무원은 금세 얼굴이 평온해지며
아무 일 없었다는 듯 제자리로 돌아갔어.

공무원에게도

매력은 있지.

왕릉이 무너져도

월급은 나온다는 것.

꼬리 4.

그땐
그랬다지만
지금도
꼭 그럴까

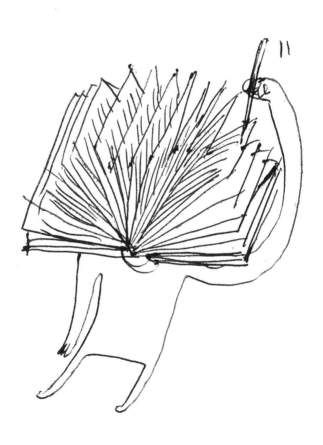

도둑질하기

격언, 명언, 속담 뭐든 닥치는 대로 훔쳐온다. 훔쳐와 비틀고
흔들고 뒤집는다. 패러디하고 재해석한다. 경찰을 두려워하면
손에 쥘 수 있는 건 없다.

남의 말을 새겨들으면 바른 길이 보이고

뒤집어 들으면 새로운 길이 보이지.

#1 인간은 생각하는 갈대다

'인간은 갈대다'라고 하지 않았어. '생각하는 갈대다'라고
했어. 갈대는 생각이 없는 놈이라는 전제를 깔고 있어. 갈대를
은근 무시하는 거지. 그런데 정말 그럴까. 갈대는 정말 생각이
없을까. 혹시 생각은 있는데 하지 않는 게 아닐까.

오늘은 바람을 이겨볼까.

갈대가 이런 생각을 한다면 어떻게 될까. 바람에 맞서다
찢어지겠지. 그날로 생을 마치겠지. 갈대는 생각이 없는 게
아니라 이미 생각을 마친 걸 거야. 바람과는 맞서는 게 아니야,
이렇게 결론짓고 더는 생각을 안 하는 걸 거야. 결론을 내린
후에도 다시 갈등과 우왕과 좌왕을 반복하는 우리는 갈대를
무시할 게 아니라 존경해야 해. **갈대는 흔들리지 않아.**

#2 인내는 쓰고 열매는 달다

식성은 다 다른데.

단것 싫어하는 사람도 많은데.

달 달한 내일을 위해 오늘은 **쓸** 개를 씹고 살라는 교장선생님 아침 조회 같은 말씀은 이제 그만.

아니면 열매를 미리 보여줘.

한입 먹어보고 진짜 꿀맛이면 뜯어말려도 그 열매 따라 갈 테니까.

#3 말 한 마디로 천 냥 빚을 갚는다

1. 말 한 마디로 천 냥 빚을 갚는다.
2. 말 한 마리로 천 냥 빚을 갚는다.

어떤 게 정답일까. 당연히 2번. 한두 푼도 아니고 천 냥이라는 큰 빚을 갚으려면 잘 키운 말 한 마리는 팔아줘야지. 1번도 정답이 되려면 이렇게 말했어야지.

말 한
마디
참음으로
천 낭
빚을
갚는다.

JUST MARRIED

#4

친구를 알려면 사흘만 함께 여행하라

가장 가까운 친구는 부부. 그러나 사흘 신혼여행으로 알 수
있는 건 없어. 지금 내가 서 있는 곳이 감옥 입구인지 천국
입구인지 사흘로는 알 수 없어.

#5 돌다리도 두드려보고 건너라

우리가 돌다리를 자신 있게 건너지 못하고
손 아프게 두드리며 망설이는 이유는 무엇일까.

1. 성격이 느려 터져서
2. 최적 타이밍을 찾으려고
3. 건너지 않겠다는 생각이 강해서
4. 강 건너 뭐가 있을지 몰라 두려워서

만약 이 문제마저 어느 하나를 선뜻 고르지 못하고 망설인다면,
망설이는 진짜 이유는 습관 아닐까. 망설임이 몸에 배서
아닐까. 늘 망설였기에 당연하게, 아니 당당하게 망설이는 것
아닐까. 그런 자신이 쑥스러운 나머지 돌다리 두드리는 모습을
신중이라는 단어로 에둘러 포장하는 건 아닐까. 모든 시작과
시도를 방해하는 고질병 이름은,

습관성 신중증.

#6 길이 아니면 가지를 마라

길을 따라 걸으면 고립될 위험이 없지.
안전하지. 편안하지. 평화롭지. 그래서 길이
아니면 가지 말라고 하지. 아주 귀하고 현명한
충고지. 그러나 길을 따라 걸으면 내 앞
사람이 본 것과 똑같은 풍경만 봐야 하지. 늘
재방송만 봐야 하지. 새로움을 만날 수 없지.
어쩌면 그건 고립보다 훨씬 안타까운 여정일
수도 있어. 길이 없다는 건 오히려 무궁무진한
가능성이 있다는 것.

#7 사공이 많으면 배가 산으로 간다

설악산을 오르며 동해를 향해 손을 흔드는 나룻배. 백두산
천지를 내려다보며 통일을 논하는 여객선. 정말 멋지지 않아?
그래, 우리 조상님들은 이미 집단지성의 힘을 알고 있었어.
대단해.

#8 죽느냐 사느냐 그것이 문제로다

답은,

죽는다.

너무 쉬운 문제지. 누구나 죽지. 우리 모두는 결국 죽지. 그런데
햄릿은 왜 이런 쉬운 문제를 출제했을까. 셰익스피어는 햄릿을
시켜 왜 이런 쉬운 문제를 우리에게 던졌을까.

자꾸 까먹으니까.

지금 내가 안절부절 하는 일, 죽는 그날엔 이 일의 무게가
티끌만큼도 안 된다는 사실을 자꾸 까먹기 때문이야.
인생시험에서 가장 쉬운 문제지만 가장 틀리기 쉬운 문제.
일주일에 한 번은 꼭 풀기로 약속.

#9 펜은 칼보다 강하다

말이 길면 힘이 약해져. 그래서 우리는 늘 짧은 한 마디를 원해.
이 명언 역시 짧아야 한다는 명령을 충실히 따르고 있지. 물론
짧아지려고 문장 앞에 붙은 단어 하나를 잘라냈지만. 원래는
이런 말이지.

일부 펜은 칼보다 강하다.

일부는 누구일까. 칼이 되려는 욕심이 없는 펜.
펜이 칼이 되려 할 때 펜은 칼 눈치를 보게 되지.
쓸 것을 쓰지 않게 되지. 쓰지 않아야 할 것을 쓰게 되지.
실망스럽게도 우리 곁엔 칼보다 강한 펜이 몇 자루 없어.

#10 주사위는 던져졌다

나는 3을 원했는데 주사위는 6을 보여줬어. 이제 내가 취할
행동은 무엇일까. 고개 숙이고 한숨짓는 일일까. 원망스러운
눈으로 주사위를 노려보는 일일까. 아니지.

주사위를 다시 집어 든다.
3이 나올 때까지 던진다.

주사위는 참 신기한 물건이야. 3이 나올 때까지 던지면
거짓말처럼 3이 나오게 되어 있어. 2나 4가 나왔을 때,
3하고 가까운 숫자이니 이 정도면 됐어, 하고 내가 타협하지
않는다면. 원하는 게 3이라면 3이 나올 때까지 던져. 원하는
게 영화감독이라면 영화감독이 나올 때까지 던져. 원하는 게
시나리오 작가라면 시나리오 작가가 나올 때까지 던져.

던져졌다.

이 네 글자에서 주목해야 할 것은 앞쪽 두 글자 **던져**야. 뒤쪽 두 글자 '졌다'가 아니야. '던져졌다'를 **졌다**로 오해하거나 착각하지 말 것.

#11 믿는 도끼에 발등 찍힌다

병원으로 가겠지. 엑스레이 찍고 뼈에 금갔다는 것을 확인하고
깁스를 하겠지. 한동안 목발 짚고 다니겠지. 불편하겠지.
답답하겠지. 하지만 시간이 가면 깁스 풀고 목발 던지고 다시
내 걸음을 걷겠지.

도끼를 믿은 대가가 이 정도라면 그냥 믿는 게 어떨까. 그냥
발등 찍히는 게 어떨까. 내 손에 쥔 도끼를 내가 믿지 못한다면,
행여 발등 찍힐까 의심하며 엉거주춤 나무를 찍는다면 과연
나무를 쓰러뜨릴 수 있을까. 발등을 찍은 도끼도 그를 다시
손에 쥐는 주인 믿음에 보답하려고 애를 쓸 거야. 더 열심히 더
힘차게 나무와 부딪칠 거야.

믿음.

　　　　길　　게　　보　　면

　　　　　　　　　　　　　　웃음.

#12 돼지 목에 진주목걸이

돼지 목둘레를 생각해.

목걸이 하나 걸어주려면 진주알 백 개는 있어야 할 거야. 그게
아까웠을 거야. 그래서 돼지 목엔 진주가 어울리지 않는다는
황당한 소문을 퍼뜨렸겠지. 하지만 사람 목에 걸면 아름다운
물건이 돼지 목에 걸면 흉측해진다는 논리는 설득력이 없어.
그런데도 이 설득력 없는 문장이 꽤 잘 나가는 속담으로
등극했어. 왜 그랬을까.

담합.

사람들은 담합했어. 돼지 편을 드는 게 실속이 없다는 걸 알고
담합에 굴복했지. 스스로 공범이 되어 담합을 확산시켰지.
사람만이, 많이 배운 자만이, 많이 가진 자만이 진주목걸이
주인이 될 수 있다는 생각은 비겁이야. 편견이야. 오만이야.

그래서 나는 강물을 쓰지 않고 글을 쓰지. 종이 위에

강물강물강물강물강물강물강
물강물강물강물강물강물강물

수백 번 써도 내 집 앞을 흐르는 강물은 줄어들지 않지.

글 한 줄을 쓰는 데 필요한 자원은 종이 한 장과 연필 한 자루.
그 글이 제대로 일을 한다면 한 사람의 생각과 태도와 운명을
바꿀 수도 있어. 이렇게 적은 자원으로 이렇게 큰 성취를
안겨주는 일이 또 있을까. 그래서 하는 얘기인데,

써.

#14 먼저 핀 꽃이 먼저 진다

먼저 피었다는 이유로 먼저 져야 한다면 나는 끝내 꽃피지 않는
삶을 살 거야. 내가 좋아하는 일을 순간의 영광과 교환하지
않을 거야.

나는 아직 피지 않았어.
단 한 번도 활짝 핀 적이 없어.

내가 세상 격언을
다 뒤집으려는 건 아니야.
박수 치며 환영하는
문장도 있어.

#15 웃으면 복이 와요

정말 그럴까. 정말 웃는 것만으로 복을 내 것으로 만들 수
있을까. 그럴 리 없지. 거짓말이지. 하지만 거짓말인 줄 알면서
믿어볼까. 속는 셈 치고 웃어볼까. 웃을 일 하나 없는데 마구
웃어볼까. 그러면 어떻게 될까. 바보가 될까. 아니야. 복은 내
것이 되지 않겠지만 웃음은 내 것으로 만들 수 있잖아. 그게
더 남는 장사일 수 있어. 이 말 처음 한 녀석, 누군지 모르지만
천잰데. 하하하하하하하하하.

16

행복의
반대말은
불행이
아니라
불만이다

올림픽 은메달. 지구 위 70억 인구 중에서 무려 2등. 그런데
금메달 놓쳤다고 꾸중하는 기사를 봤어. 그래, 욕심은 한이
없지. 지금 내가 손에 쥔 것에 만족할 줄 알아야 비로소 행복에
가까워진다는 얘기. 나는, 행복의 반대말이 불만이라는 말에
완벽하게 완전하게 동의해. 누가 한 말이냐고?

카피라이터 정철.

내가 한 말이야. 내가 선정하는 명언에 내 책에 적힌 문장
하나쯤 가져올 수 있는 거 아냐? 행복해지고 싶다면 내
편파적인 선정에 불만 갖지 않는 게 좋아.

꼬리 5.

'잡'이라는
글자 하나를
붙들고
늘어지는 방법

'잡'이라는 글자 하나 툭 던져주고
인생을 이야기하라 하면
어떻게 꼬리를 이어갈까.

잡ㅡ잡념ㅡ잡균ㅡ잡음ㅡ잡상인ㅡ잡담ㅡ잡다ㅡ잡범ㅡ잡식ㅡ잡체ㅡ잡티ㅡ잡문ㅡ잡스ㅡ잡기ㅡ잡탕

국어사전 펼치기

국어사전은
꼬리 물기 교과서.
단어 하나를 찍은 다음
위아래 단어를 노려본다.
단어 꼬리만
살짝살짝 바꾸면
뱀보다 길게
생각을
연장할 수 있다.

1

잡

잡(雜)[접두사]

1. 순수하지 않음.

2. 기본적인 것이 아님.

3. 갖가지가 뒤섞임.

국어사전은 '잡'을 이렇게 풀어놓았어. 그러나 이건 국어사전이
공식 석상에서 넥타이 매고 하는 밍밍한 말이고 속뜻을
들여다보면 이런 얘기지.

순수하지 않다는 건 지루하지 않다는 것.
기본적인 것이 아니라는 건 지루하지 않다는 것.
갖가지가 뒤섞였다는 건 지루하지 않다는 것.

2

잡념

나는 지금 글을 써야 하는데 잡념이 자꾸 나를 방해해. 점심 뭐 먹지? 짬뽕? 대구탕? 그냥 백반? 아니면 굶어? 점심 메뉴 기웃거리느라 도무지 글을 쓸 수 없어. 이럴 땐 어떻게 해야 할까. 머리 한 대 콩 쥐어박고 연필과 종이에 더 집중해야 할까.

아니, 잡념에 더 집중해야지.

짬뽕 국물 속으로 풍덩 뛰어 들어가야지. 홍합과 오징어와 양파와 미역을 해녀처럼 훑으며 거기서 불쑥 솟는 딴생각을 건져 올려야지. 글이 길을 벗어나는 것은 땅을 칠 일이 아니라 박수를 칠 일. 덩실덩실 춤을 출 일.

3
잡곡

입으로 들어가는 밥. 늘 쌀만 먹을까. 가끔은 잡곡도 먹어야
해. 보리나 밀, 콩이나 수수 같은 곡식도 먹어줘야 해. 그래야
건강에 균형이 잡혀. 입에서 나오는 말도 그래. 늘 진실만
내보내야 하는 건 아니야. 때론 과장과 거짓이 진실보다 훨씬
따뜻할 때도 있어. 외롭고 힘든 이에게 건네는 위로, 응원, 격려,
칭찬은 그것이 과장이나 거짓일지라도 큰 힘을 주거든.

울지 마, 더 좋은 사람 만날 거야.
내가 보기엔 네가 최고였는데.
난 엄마 닮아 이렇게 예쁘게 태어났겠지?
많이 좋아졌네. 많이 좋아졌어.
너는 책 읽는 모습이 진짜 매력 있어.
정말 잘 먹었습니다.

쑥스럽더라도 이렇게. 별 효과 없을 거라 단정하지 말고
하루 다섯 사람에게 이렇게. 작가에겐 이렇게.
이 책 정말 재미있어요. 2권도 꼭 써주세요.

4

잡음

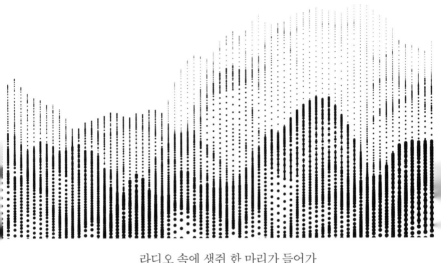

라디오 속에 생쥐 한 마리가 들어가

나오는 구멍을 찾지 못할 때 들리는 소리.

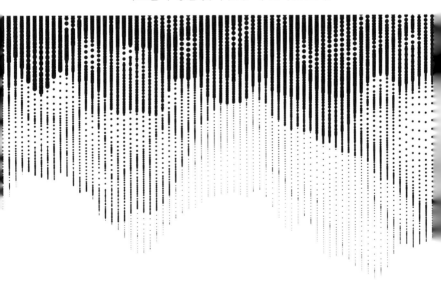

오늘 찍찍 들려드릴 노래는 찌직찌직
방탄소년단의 신곡 찌지지지지지직. 주파수
혼신으로 들리는 이런 잡음을 제거하려면
다이얼을 아주 정교하게 아주 섬세하게
돌려 조절해야 해. 잡음이 들리지 않게
조절하는 게 아니라 잡음 이외에는 아무
소리도 들리지 않게. 처음부터 끝까지
찌지지지지지지지지지지지지지지지지직
이렇게. 생쥐 혼자 스물네 시간 떠들게 하면
지루해서라도, 목이 아파서라도 스스로
구멍을 찾아 나올 거야. 대화에서 토론에서
논쟁에서 들리는 잡음 제거법도 다르지 않을
거야. 실컷 떠들다 제풀에 지쳐 쓰러지게
만드는 거지.

5

잡상인

네모 네 개에 어떤 말을 넣을까?

방금 머리에 떠올린 그 말은 더는 넣지 말기로 해.

6

잡담

잡담 □□.

네모 두 개에 어떤 말을 넣고 싶니? 첫 글자는 기역으로
시작하고 두 번째 글자는 지읒으로 시작하는 말, 맞아?

그래,

권장.

꼭 필요한 말만 하고 산다면 인생이 얼마나 밋밋할까. 얼마나
뻣뻣할까. 잡담 수준의 글을 잔뜩 실은 이 책도 빛을 보지
못했을 거야. 오늘 저녁 술안주로 잡담 수준의 책을 낸 작가를
잘근잘근 씹는 즐거움도 누릴 수 없겠지.

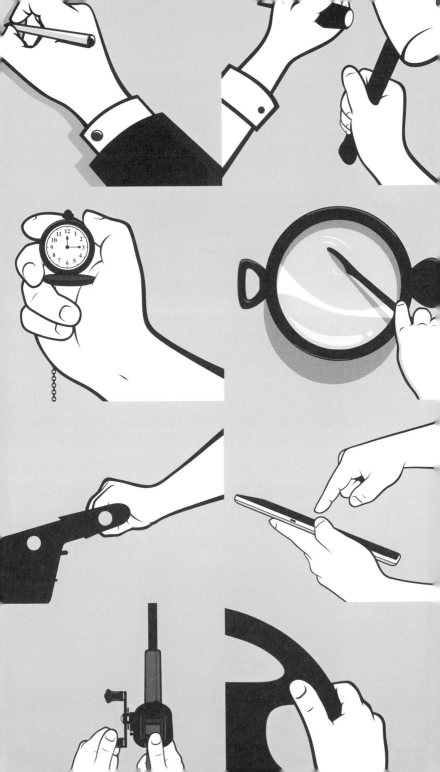

7

잡다

손이 하는 일은 얼마나 될까.

긁다. 덮다. 풀다. 심다. 짓다. 감다. 깎다. 밀다. 썰다. 갈다. 매다.
헐다. 줍다. 벗다. 담다. 끌다. 쥐다. 빗다. 닦다. 묶다. 빌다. 젓다.
캐다. 낚다. 막다. 뜯다. 잡다. 쌓다. 뚫다. 깔다. 달다. 받다. 따다.
깨다. 박다. 먹다. 찧다. 끊다. 빨다. 붓다. 꺾다. 꽂다…

이렇게 많지. 셀 수 없이 많지. 손이 둘인 이유도, 손에 손가락이
열 개 달린 이유도 손이 해줘야 할 일이 이렇게 많기 때문일
거야. 발이 할 수 없는 일은 모조리 손이 해줘야 하기 때문일
거야. 그런데 이 많은 동사 중 하나만 고른다면, 손에게 딱 한
가지 일만 시킨다면 어떤 일을 시켜야 할까.

잡다.

나는 잡는 일을 시키겠어. 사람이 사람 손을 잡지 않으면 나머지 동사는 힘을 쓸 수 없으니까. 물고기 수십 마리를 낚고 사과 수백 개를 딴들 그걸 함께 나눌 사람이 없다면 '먹다'의 의미도 한없이 초라해지니까. 먹어도 먹는 게 아니니까.

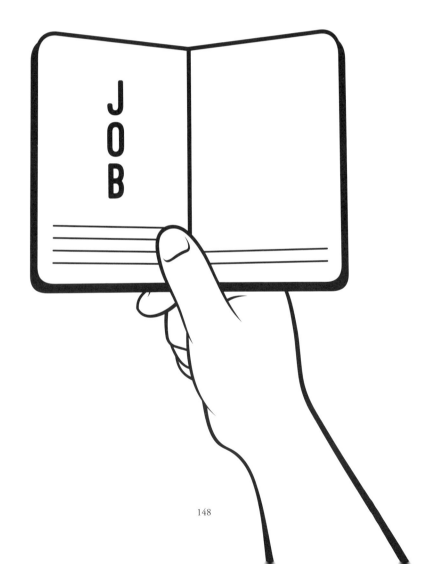

8
잡범

이런 단어 좋지 않아.

대놓고 무시하는 것 같잖아.

위험한 결심을 할 수도 있다니까.

9
잡식

돼지저금통이 쓰레기통에게 말했어.

너 참 안됐다. 평생 쓰레기를 먹고 살아야하니. 종이 쓰레기,
비닐 쓰레기, 깡통 쓰레기, 플라스틱 쓰레기… 너는 단 한 번도
멀쩡한 것을 먹은 적이 없지? 그래, 너를 잡식의 왕이라 불러도
좋을 거야. 나? 나는 너처럼 잡식을 하지 않아. 그 귀하다는 돈
하나만 먹고 살아. 오로지 돈. 끝까지 돈. 부럽겠지만 어쩌겠니.
이게 내 운명이고 네 운명인데.

쓰레기통이 돼지저금통에게 말했어.
나는 네가 안쓰러워. 나를 비울 땐 배를 가르지 않아.

잡채

당면, 시금치, 당근, 버섯, 쇠고기,
양파, 도라지, 계란, 소금, 간장, 설탕, 마늘,
참기름을 두 글자로 줄이면 뭘까. 이 많은 걸
한입에 맛볼 수 있게 해주는 두 글자.

엄마.

11

잡티

잡티는 눈에 잘 보이지 않는 티나 흠.
누군가를 배려한다면 말에서도 잡티를 제거할 것.

오늘은 내가 설거지 해줄게.
오늘은 내가 설거지 할게.

다르잖아.

내가 너랑 함께 있어줄게.
내가 너랑 함께 있을게.

다르잖아.

12
잡문

가끔은 무작정 글을 쓰는 때가 있지. 지금 쓰는 이 잡문이
그렇게 시작하고 있지. 글에 어떤 내용을 담을지 글을 쓰는
나도 아직 모르지. 연필을 종이 위에 올려놓고 연필 끝이
어디로 흐르는지 관객처럼 지켜볼 뿐이지. 자, 연필 쥔 손에서
힘을 빼는 거야. 손이 연필을 움직이게 하는 게 아니라 연필
움직임을 손이 따라가는 거야. 그러다 연필이 오탈자를 만들면
그때 잠깐 손이 일을 하는 거지.

작정하지 않고 쓰는 잡문.

때론 이런 글이 꽤 괜찮은 결과를 낳기도 해. 우리가 내세우는
거창한 작정이라는 게 실은 보잘 것 없을 때가 적지 않거든.
우연의 힘이 작정의 힘보다 강할 때도 있거든. 글이 그렇다면
인생도 그렇지 않을까.

무작정 고백.

무작정 구매.

무작정 외출.

무작정 만남.

이렇게 무작정을 하나씩 행동으로 옮기는 거야. 무대책과
무책임을 양손에 꽉 쥐고. 어떨까. 늘 만족스러운 결과를 얻을
수는 없겠지만 지루함은 덜 수 있지 않을까. 인생이 따분해
죽겠다면 작정이라는 단어가 내 인생에 너무 깊이 개입하고
있는 건 아닌지 작정하고 살펴보기를.

어때, 그런대로 글이 됐잖아.

13

잡스

스티브 잡스 인생을 단어 열 개로 표현해볼까.

미혼모. 입양. 말썽. 마약. 히피. 자퇴.
애플. 퇴출. 췌장암. 죽음.

그리 아름답지 않은 단어가 대부분이지만
'애플'이라는 단어 하나가 다른 모든
우울한 단어를 제압하지. 그가 인문학과
공학을 융합해 애플이라는 혁신을
만들어낼 수 있었던 건 Jobs라는 이름
덕분이었는지도 몰라. 잡스. '잡'의 복수.
순수하지 않은, 기본적인 것이 아닌,
갖가지가 뒤섞인 통찰과 융합.

14

잡기

'잡기' 하면 뭐가 먼저 떠오르지?

술래잡기가 먼저 떠올랐다면
그대는 순수한 영혼.
주색잡기가 먼저 떠올랐다면
그대는 솔직한 영혼.
꼬리잡기가 먼저 떠올랐다면
그대는 훌륭한 독자.

15

잡탕

바깥은 춥지?

너도 들어와.

너도 들어와.

모두 다 들어와.

잡탕이 이것저것 마구 섞은 별 볼 일 없는

메뉴라는 음식평론가들 말에 적극 동의.

잡탕은 진짜 별 볼 일 없어. 구별, 차별, 선별,

특별이 없어. 누구나 다 안아주는, 세상에서

　가장 큰 그릇. 잡탕.

꼬리 6.

한 사람에겐
몇 가지 이야기가
살고 있을까

잘라 보기

하나를 하나로 보지 않는다.
토막토막 잘라 열을 본다.

그러니까 하나가
시야에 들어왔다면
이미 열 가지 이야기가
찾아온 것이다.

먼저 우리 몸부터.

PART 1

발

손 꼭 잡고 길을 걷는 부부. 잡은 건 손인데 왜 그렇게 발이
가벼워 보이는지. 왜 그렇게 한 걸음 한 걸음 편안해 보이는지.
어디 가세요? 물었더니 이렇게 대답했어.

가는 게 아니라 걷는 거예요.

그래, 발이 무거운 건 발등 위에 숙제가 놓여 있기 때문이야.
언제 어디에 반드시 닿아야 한다는 부담스러운 숙제. 부부의
걸음걸음은 어떻게 살아야 인생이 가벼워지는지 가르쳐주었어.

인생은 가는 게 아니라 걷는 것.

PART 2

지팡이 하나에 온몸 기대어 길을 걷는 노인. 느릿느릿 어디로 가는 걸까. 어디 가세요? 물어도 대답할 것 같지 않은 노인의 등. 웅크린 등. 무거운 등.

왜 저렇게 등이 무거워 보일까.

아, 노인은 혼자 걷는 게 아니었어.
그의 등엔 그가 살아온 그 무거운 세월이 업혀 있었어.

PART 3

귀

잔뜩 찌푸린 얼굴로 길을 걷는 청년.

찌푸린 이마.
찌푸린 눈.
찌푸린 입술.

그러나 귀는 찌푸리지 않았어.

'찌푸린 귀'라는 말은 왜 없을까. 귀는 왜 평생 인상 한 번
쓰지 않을까. 들어야 하니까. 찌푸리면 들을 수 없으니까.
인생이 흔들릴 때 귀마저 같이 흔들리면 그대로 무너지니까.
흔들림에서 벗어날 위로, 용기, 열쇠 찾는 일을 귀가 해줘야
하니까.

PART 4

눈

공부에 집중해도 좋고 운동에 집중해도 좋고 영화에 집중해도
좋고 요리에 집중해도 좋고 개미핥기의 인생을 들여다보는
일에 집중해도 좋아. 무엇이든 집중한다는 건 멋진 일. 집중하는
순간은 그 어떤 시간보다 의미 있는 시간.

그러나 기억해줬으면.

공부에 집중하기 전에 운동에 집중하기 전에 영화에 집중하기
전에 요리에 집중하기 전에 개미핥기의 인생을 들여다보는
일에 집중하기 전에 먼저 집중할 것은 **사람**. 당신 가까이에 있는
그 **사람**. 너무 가까이 있어 잘 보이지 않는 그 **사람**에게 가장
먼저 집중.

시선집중.

배려집중.

믿음집중.

PART 5

손바닥 온도와 손등 온도는 달라.

지금 오른손으로 왼손 손바닥과 손등을 차례로 만져봐.
손바닥이 더 따뜻하다는 걸 알 수 있을 거야. 그 따뜻함을
여기저기 나누라고 손이 둘이나 있는 거지. 그런데 주먹을
쥐면 그 순간 손바닥은 사라지고 손등만 남아. 손등으로는
따뜻한 악수를 할 수 없어. 뜨거운 박수를 칠 수도 없어. 주먹
자주 쥐지 마.

PART 6

입

입에 힘을 가하지 않고 그대로 벌려 소리를 내면 '아'라고
발음하게 돼. '오'라고 발음하려면 입술을 동그랗게 오므려야
하고, '으'라고 발음하려면 입술을 좌우로 부자연스럽게 늘려야
해. 그러니까 입이 할 수 있는 가장 자연스러운 발음은, 아.
엄마가 아기 입에 숟가락을 가져가며 하는 그 말,

아!

이처럼 자연스러운 발음을 자주 하는 게 지극히 자연스러운
일일 텐데 과연 우리는 그렇게 하고 있을까. 길 걷다 돌부리에
걸려 넘어지며 아! 비명 지를 때 말고도 자주 사용하고 있을까.
나는 내 딸이 하루 열두 번 '아'를 사용해줬으면 좋겠어.

PART 7

목

코도 하나.

입도 하나.

목도 하나.

목도 하나? 아니야. 목은 하나가 아니야. 머리와 가슴을
연결하는 두꺼운 목만 있는 게 아니야. 손과 팔을 연결하는
손목도 있어. 발과 다리를 연결하는 발목도 있어.
모든 목은 '연결'이라는 일을 하지. 손목과 발목 스스로 할 줄
아는 일은 없지만 그들이 연결을 게을리하면 손도 발도 제대로
일을 할 수 없어. 밥을 먹을 수도 길을 걸을 수도 없어. 그러니
모든 목을 부드럽게. 유연하게. 느슨하게. 그리고 우리가 가진
또 하나의 목에도 주목.

안목.

안목도 '연결'이라는 일을 하지. 안목이 너무 뻣뻣하면
연결해야 할 소중한 사람을 놓치고 말아. 홀로 살 수 없는 세상.
연결로 살아야 하는 세상. 지금보다 더 외롭지 않으려면 모든
목에서 힘을 뺄 것. 모든 목에 안목도 포함시킬 것. 눈에 너무
힘주지 말 것.

PART 8

코

책이 여기까지 흘러오는 동안 눈은 글 읽는 일을 했어.
칭찬해줘. 손은 책장 넘기는 일을 했어. 칭찬해줘. 입은 마음에
드는 글귀를 다시 읽어보는 일을, 머리는 그 글귀를 저장하는
일을 했어. 둘 다 칭찬해줘.

코는 무슨 일을 했지?

아무 일도 하지 않았지. 그냥 숨만 쉬었지. 그래도 칭찬해줘.
아무 일도 하지 않았음을 칭찬해줘. 코가 코피 흘리는 일을
했다면 손도 책장 넘기는 일을 하지 못했을 거야. 코가 감기
걸리는 일을 했다면 그대는 책을 덮고 약국으로 달려가야
했겠지. 아무 일 없이 묵묵히 제자리를 지키는 일, 화려하지
않지만 어쩌면 가장 먼저 칭찬해줘야 할 일.

PART 9

뺨

오른뺨을 맞으면

왼뺨을 내밀라고 했어.

원수를 은혜로 갚으라는 뜻으로 알고 있니? 그렇다면 그대는
성인군자. 존경할게. 내가 알고 있는 건 이런 뜻이야. 조금
아프더라도 상대 오른손과 왼손의 펀치 강도를 비교해보라는
뜻. 상대가 오른손잡이인지 왼손잡이인지 알아내라는 뜻.
그것만 알아도 상당히 유리한 위치에서 싸움을 이끌 수 있다는
뜻.

아픔 속에 아픔을 극복할 방법이 있다는 뜻.
절망 속에 절망을 극복할 방법이 있다는 뜻.

조금 더 잘게 잘라볼까?

우리 눈에

보이지 않는

곳까지.

뼈

뼈와 살이 붙으면 사람.

살과 살이 붙으면 사랑.

뼈와 뼈가 붙으면 사망.

주먹 거두고 포옹.

포옹으로 뼈가 부러지는 일은 없어.

뇌

어릴 때 배웠어. 곰을 만나면 그 자리에 엎드려 죽은 척하라고.
그래야 살 수 있다고. 나는 이 생명연장 지식을 방패처럼 들고
수십 년을 곰을 기다렸어. 하지만 내 나이 오십이 넘었는데
여태 만나지 못했어. 죽은 척해볼 기회를 단 한 번도 얻지
못했어. 도대체 언제 써먹으라는 건지.

뇌 면적은 그리 넓지 않아. 유통기한 지난 지식을 내다버리지
않으면 새로운 지식이 비집고 들어갈 틈이 없어. 지금 내
머릿속에 이런 죽은 지식이 얼마나 더 똬리를 틀고 있는지
들여다보고 대청소 좀 해야겠어. 남은 날을 곰처럼 무겁게 살지
않으려면.

청소 같이 하지 않을래?

PART 12

혀

유통기한 지난 지식이 뇌 안에만 조용히 담겨 있다면 사실 큰 탈은 없어. 문제는 우리에게 혀라는 아주 성질 급한 물건이 있다는 거야. 이 물건은 뇌에 담긴 것이면 썩은 것, 곰팡이 낀 것 가리지 않고 마구 들고 나오지. 잘난 척하려다 오히려 다른 혀들의 집단 공격을 받고 결국 비실비실 꼬여버리지. 혀가 꼬이면 뭐가 꼬일까.

인생.

그래도 청소 같이 하지 않을래?

PART 13

이

왜 이제 오셨어요?

치과 가면 가장 먼저 듣는 말. 존댓말은 쓰고 있지만 왜 이렇게
늦게 찾았느냐는 교묘한 꾸중이지. 하지만 이가 아프지도
않은데 치과 가서 입 벌리는 사람은 없어. 병원은 아플 때 찾는
곳이잖아. 누구나 적당히 늦게 찾는 곳이 병원이잖아.

이제라도 온 것은 더 늦게 오는 것보다 장한 일이니 꾸중이
아니라 칭찬을 해줘. 이제부터라도 잘 치료하면 문제없을
거라는 믿음을 건네줘. 꾸중하지 않고 꾸중하는 유일한 방법은
칭찬. 화나더라도 칭찬. 한 대 쥐어박고 싶더라도 칭찬. 칭찬이
버릇될 때까지 칭찬. 말이 쉽지 그게 어디 그리 쉽냐고 말하는
입을 한 대 쥐어박으며 칭찬. 이제 이렇게 말해줘.

잘

오

셨

어

요

PART 14

맘

누군가를 만났어. 상처를 입었어. 약국을 찾았어. 가슴에 돌덩이 하나가 들어앉은 것처럼 답답하다고 호소했어. 약사는 내게 알약 몇 개를 쥐어주며 이렇게 말했어.

이 약을 가슴에 안고 푹 주무세요.

약사는 알고 있었어. 내 아픈 곳이 몸이 아니라 맘이라는 걸. 맘은 약으로 치유할 수 없다는 걸. 시간으로 치유해야 한다는 걸.

PART 15

위

배고플 땐 위에게 먼저 물어야 해. 밥을 얼마나 먹어야 하는지.
위는 이렇게 대답할 거야. 밥은 배부를 때까지 먹는 게 아니라
배고픔이 가실 때까지만 먹는 거라고. 한꺼번에 너무 많이
먹으면 위에 부담을 준다고. 결국 탈이 난다고.

사람이 고플 때도 이렇게.

서로의 눈을 **찬찬히** 바라보는 일부터.
서로의 체온을 **조금씩** 주고받는 일부터.
서로의 가슴에 **조심조심** 스며드는 일부터.

와락도 좋지만 이렇게. 한 번에 다 가려 하지 말고 조금씩
이렇게.

PART 16

몸

몸이 마음에게 물었어.

난 한 글자인데 넌 왜 두 글자니?

마음이 대답했어. 몸은 하나지만 마음은 둘이잖아. 마음 두
개가 하루에도 열두 번 왔다 갔다 한다는 걸 너도 잘 알잖아.
사람들은 그것을 변덕이라 꾸짖지만 글쎄, 내가 하나였다면
세상은 까무러치게 지루했을 거야. 소설도 없고 영화도 없고
노래도 없는 무채색 세상이 되었을 거야. 갈등, 변심, 배신,
후회, 고독, 애증. 이렇게 드라마틱한 짓을 몸 네가 할 수 있니?
네가 할 수 있는 짓은 비만 정도잖아. 네 안에 내가 살고 있는 걸
영광으로 생각하라고.

몸이 픽 웃으며 말했어.

내일 다시 물어볼게. 내일은 다른 마음이 대답할 테니까.

꼬리 7.

도시의 오후를
풍경화 몇 장으로
그린다면

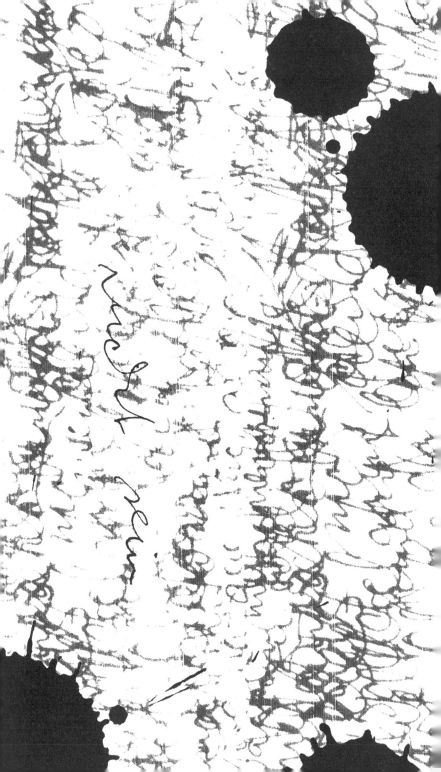

그림 그리기

글자로 그림을 그린다.
귀에 대고 말로 이야기하는 게 아니라
그림을 그려 눈앞에 펼쳐 보여준다.
이야기를 더 생생하게 전할 수 있다.

받들어 휴대폰

도시에서 집을 나와 길을 걷는 법.

머리를 감는다. 머리를 말린다. 옷을 입는다. 거울을 본다.
가방을 챙긴다. 신발을 신는다. 집을 나선다. 휴대폰을 꺼낸다.
휴대폰에 머리를 박는다. 걷는다. 걷는다. 걷는다. 부딪힌다.
가로수와 부딪히든 가로등과 부딪히든 휴대폰에 머리 박은
다른 누군가와 부딪히든 쿵 부딪힌다. 휴대폰 안부를 먼저
묻는다. 괜찮다. 다행이다. 다행이다. 다시 걷는다. 머리 박고.

하늘이 어떻게 생겼는지 조금도 궁금하지 않은 사람들이
거리에 가득한,

— 도시의 오후 풍경 하나.

건널목 현수막

9월 21일 토요일 저녁 7시.
이곳에서 검은색 승용차와 중국집
오토바이가 충돌하는 사고를
목격하신 분을 찾습니다. 연락 주시면
후사하겠습니다.

목격자를 찾는다는 건 주장이 엇갈린다는 뜻이겠지. 어느
한쪽에 유리한 증언을 해달라는 뜻이겠지. 그런데 현수막은
누가 붙였을까. 후하게 사례할 수 있는 쪽이 붙였겠지.

'후사' 두 글자가 유난히 커 보이는 현수막 한 장이 빌딩 숲을
뚫고 달려온 바람에 연신 까불대는,

― 도시의 오후 풍경 둘.

할머니의 전단지

눈을 마주치지 않아야 해. 할머니를 피해 둥그렇게 원을 그리는
동선을 잡아야 해. 한 손에는 가방, 한 손에는 휴대폰을 들어
남는 손이 없다는 걸 보여줘야 해. 가방도 휴대폰도 없으면
호주머니 깊숙이 손을 찔러 넣어야 해. 그래도 전단지를
들이밀면 가슴으로 할머니 손을 밀어내며 그녀가 내 인생에
방해가 되고 있다는 사실을 알려줘야 해. 어쩔 수 없이 전단지를
받아든 사람이 보이면, 그렇게 약해 빠져서 이 험한 세상을
어떻게 살아낼지 걱정된다는 표정을 건네야 해.

하지만 할머니는 그 많은 전단지를 결국 다 나눠준다는 사실.
전단지 수만큼의 누군가가 전단지를 받아준다는 사실. 그
누군가에 나는 포함되지 않는다는 사실.

전단지 한 장을 놓고 표정 없는 사람들이 숨바꼭질 놀이를 하는,

— 도시의 오후 풍경 셋.

엄마의 유모차

네가 걸을 수 있을 때까지만 너를 유모차에 태워 다닐게.
답답하겠지만 조금만 참아. 너는 좋은 우유 먹으니 금세 쑥쑥
클 거야.

약속은 지켜지지 않았어. 엄마는 이미 중학생이 된 아이를
유모차에 태워 학원에서 학원으로 배달하고 있어. 아이는
유모차 안에서 여전히 좋은 우유와 좋은 김밥 몇 개를 주워
먹으며 하품을 하고 있어. 엄마의 조금만은 참 길어. 쉽게 끝날
것 같지 않아.

유모차와 승용차의 차이가 사라져버린,

── 도시의 오후 풍경 넷.

노점상의 꿈

그는 좌판에 사과를 탑처럼 쌓아놓고 졸고 있었어. 업무 시간에
졸다니. 징계 감이지. 그런데 얼굴은 평온해 보였어. 아마
행복한 꿈을 꾸고 있나 봐. 어떤 꿈일까? 백화점 정규직으로
취업해 아주 잘생긴 사과만 만지는 꿈? 백화점 사장이 되어
아주 잘생긴 정규직의 깍듯한 인사를 받는 꿈? 설마 그런 꿈은
아니겠지. 그런 꿈이 그의 손에 잡힐 날은 오지 않을 거야. 그때
좌판 곁으로 그의 꿈이 부릉부릉 지나갔어.

계란이 왔어요!

트럭 확성기 소리에 잠을 깬 노점상이 다시 꿈 없는 얼굴로
사과를 닦기 시작하는,

── 도시의 오후 풍경 다섯.

축구공의 잘못

축구공 하나가 차도로 굴러갔어. 난리가 났지. 급정거하는 차.
갑자기 핸들을 꺾는 차…. 축구공은 차도 한복판에 멈췄어.
차들도 모두 멈췄어. 그대로 조용. 그대로 정지 화면. 축구공을
아이에게 되돌려주려고 차문을 열고 나오는 이는 아무도
없었어.

내 일이 아니면 간섭하지 않겠다는 반듯한 자세. 쓸데없는
참견이 인생 피곤하게 만든다는 진리에 순응하는 고요한 자세.
지금도 정지화면은 계속되고 있을 거야. 축구공이 잘못을
시인하고 스스로 차도 밖으로 굴러나가지 않는 한 이 지루한
화면은 계속되겠지.

어느 도시 어느 도로에서나 쉽게 만날 수 있는,

── 도시의 오후 풍경 여섯.

낮술의 위력

한 남자가 대낮부터 술을 마셨어. 취했어. 많이 취했어.
건널목을 건너다 축구공을 봤어. 도로 한복판에 딱 멈춰선
축구공을 봤어. 축구공 주위에 멈춰선 자동차들도 봤어.

순간 그는 타임머신을 탔어. 지금은 2002년. 월드컵 포르투갈
전. 박지성이 가슴으로 공을 받아 논스톱 발리슛으로 포르투갈
골망을 흔들었어. 순간 포르투갈 선수 모두 조용. 모두 정지
화면. 바로 그 현장에 그가 있었어. 그는 갑자기 하늘로 두 손을
뻗으며 외쳤어. "대~한민국! 대~한민국!" 메아리는 들리지
않았어.

대낮에도 술잔 속으로 기어들어가야 하루를 버틸 수 있는
사람들. 그들의 낮술 한잔이 기억 회로를 망가뜨려버린,

— 도시의 오후 풍경 일곱.

신호등의 색깔

빨간색은 서시오.
파란색은 가시오.

그것으로 끝. 다른 색깔은 보여주지 않아. 회색은 단 한 번도
보여주지 않아. 등에 무거운 세월을 업고 다니는 사람을 위해,
건널목 한가운데서 오도 가도 못하는 사람을 위해 파란색 서너
번에 회색 한 번이라도 보여주면 좋으련만.

느릿느릿 건너도 좋아요, 라고 말하는 회색 신호등이 언제
켜질지 궁금한,

── 도시의 오후 풍경 여덟.

아파트의 표정

무표정한 아파트단지 103동 두 번째 구멍 11층에 사는
무표정과 12층에 사는 무표정이 무표정한 엘리베이터에서
만나 무표정을 나누고 무표정한 화단을 빠르게 가로질러
무표정한 주차공간에 세워둔 무표정한 승용차에 신속히 몸을
숨겼어.

잠시 후 무표정한 아파트단지 103동 두 번째 구멍 11층에 사는
무표정과 12층에 사는 무표정이 무표정한 엘리베이터에서
다시 만나 아까 나눈 무표정을 다시 나누고 무표정한 대문에
달린 무표정한 번호를 꾹꾹 눌러 집이라 불리는 무표정한 네모
속으로 신속히 몸을 숨겼어.

아파트에 입주하려면 청약통장보다 무표정을 먼저 준비해야
하는,

─ 도시의 오후 풍경 아홉.

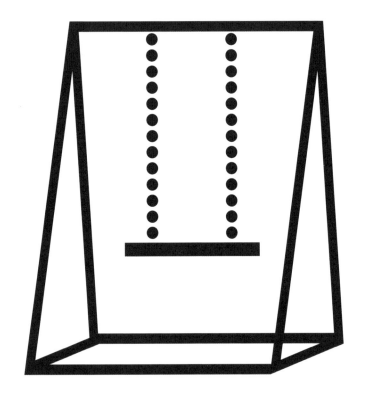

놀이터엔 노인

놀이터에 아이들이 보이지 않아. 호호 깔깔 소리가 들리지
않아. 그곳엔 달랑 노인 한 분. 그곳을 어르신 쉼터로 착각한
노인이 벤치에 앉아 모래알을 세고 있을 뿐. 아이들은 다
어디로 갔을까?

그래, 숨바꼭질.

아이들은 숨바꼭질을 하고 있었어. 다들 숨었어. 진수는
영어학원에 숨었고 선영이는 피아노학원에 숨었고 다혜는
컴퓨터학원에 숨었어. 머리카락 보일라 꼭꼭 숨었어. 그래서
호호 깔깔이 없는 거야. 그런데 왜 술래도 보이지 않지?
술래마저 숨어버렸나 봐.

철봉, 그네, 미끄럼틀이 하루 종일 손님을 기다리다 축 늘어진,

— 도시의 오후 풍경 열.

승용차 한 대가 도로 한복판에 멈춰 섰어. 고장은 아니었어. 차를 세운 남자는 문을 열고 나와 하늘을 봤어. 따라오던 차들이 일제히 경음기를 울리며 그를 규탄했지. 도로는 이미 주차장. 도대체 이 정신 나간 남자는 운전하다 말고 왜 하늘을 보는 걸까. 그는 차를 몰며 생각했어. 백미러는 왜 달려 있을까. 가끔 후방도 살피며 달리라는 뜻이겠지. 운전과 인생은 많이 닮았다는데, 앞만 보고 질주하는 인생에게도 과속 딱지 붙이고 벌점을 줘야 하는 게 아닐까. 내 벌점은 몇 점일까. 혹시 면허취소 상태는 아닐까. 안 되겠다. 차를 멈추자. 인생을 멈추자. 묻자. 누구에게든 묻자. 그래, 하늘이 좋겠다. 하늘은 내 인생을, 내 질주를 다 내려다봤을 테니까. 그런데 뭘 물어야 하지? 그래, 흔히 하는 이 질문. 그런데 생각해보면 단 한 번도 제대로 해본 적 없는 질문.

하늘을 보는 사람

나는 누구?

여긴 어디?

하늘이 대답했을까. 하늘은 대답하지 않았어. 대답 대신
주정차위반 딱지를 내려 보냈어. 남자는 딱지를 받고 자신의
질문이 누구도 대신 대답할 수 없는 질문이라는 걸 알았어.
스스로 대답해야 한다는 걸 알았어. 딱지 뒷면엔 이런 말이
적혀 있었어.

너는 누구?

거긴 어디?

딱 한 사람 빼고 누구도 하늘을 보지 않는,

── 도시의 오후 풍경 열하나.

카페의 자유

손님 1은 커피를 입에 갖다 댔어. 손님 2는 노트북을 열었어. 손님 3은 휴대폰으로 영화를 보고 있어. 손님 4는 떠들었어. 손님 5는 드르륵드르륵 원반처럼 생긴 물건을 들고 카운터로 갔어. 손님 6은 아까부터 통화 중. 손님 7은 손님 8의 손을 슬쩍 잡았어. 손님 9는 졸고 있어. 손님 10은 손님 11을 기다리고 있어. 손님 11은 아직 도착하지 않았어. 알바 1은, 사천오백 원이세요, 라고 엉뚱한 존댓말을 했어.

남의 눈을 의식하지 않는 사람들. 남의 입을 간섭하지 않는 사람들. 세상에서 가장 소중한 단어는 **나**라고 분명하게 말하는 사람들이 각자 1인극을 하는,

— 도시의 오후 풍경 열둘.

잠긴 화장실 앞에서

밤 열두 시가 넘었어. 한 남자가 화장실이 급했어. 주위를
둘러봤어. 깜깜했어. 4층짜리 빌딩 꼭대기에 붉은 십자가
하나가 열심히 깜박거리고 있을 뿐. 그곳으로 들어갔어. 2층
3층 화장실 모두 잠겨 있었어. 4층 교회로 올라가는 계단엔
굳게 닫힌 철문이 버티고 있었어. 난감했어. 더는 갈 곳이
없었어. 꽝꽝 철문을 두드렸어. 심야의 침입자를 응징하려고
누군가 철문을 열고 나왔어. 목사님인지 아닌지 알 수 없는 그
누군가는 심야의 침입자와 3층 계단에 나란히 앉아 침입자에게
무려 두 시간 설교를 들어야 했어. 왜 교회가 화장실 문을
잠그면 안 되는지에 대해. 이 시대 교회가 더 활짝 열어야 할
것들에 대해.

한밤중 두 시간은 너무했지만 세상에 이런 꼰대 하나쯤 있어도
괜찮을 것 같은,

— 도시의 깊은 밤 풍경.

미세먼지가 아니라

하루 종일 도시를 싸돌아다녔어. 내가 사는 이 도시 풍경이
그렇게 상쾌하지는 않았어. 시야가 흐릿했고 호흡도 불편했어.
처음엔 미세먼지 때문인 줄 알았어. 아니었어. 내가 이 도시에서
보고 듣고 마신 건 이런 것들이었어.

미세 욕심

미세 불신

미세 차별

미세 아집

미세 소란

미세하게 우울했고 미세하게 불편했고 미세하게 외로웠어.
하지만 욕심과 차별과 아집과 불신과 소란이 미세하다는 건
아직은 걷어낼 희망이 있다는 뜻 아닐까. 다음 외출 땐 오늘
보지 못한 미세한 희망들을 차곡차곡 눈에 담아 와야지.

또 어떤 풍경을 그릴 수 있을까.
휴가철 바닷가 풍경? 한밤중 이태원 풍경?
뭐든 좋아. 연필 들고 종이 앞으로.

꼬리 8.

참새 이야기도
들고
매미 이야기도
들고

입장 들어보기

동물도 말을 한다. 쨉쨉 말을 하고 맴맴 말을 한다. 그런 소리
하나하나에 자기 입장이 있다. 일리 있는지 없는지 판단은
나중에. 무조건 듣는다.

참새가 짹짹거리는 게

그냥 노래일까.

뭔가 간곡히 호소하는 건 아닐까.

1

참새의 호소

왜 내가 감전될 위험을 무릅쓰고 전깃줄에 매달려 있을까.
멍청하거나 우둔해서 그런 게 아니야. 찌릿찌릿한 스릴을
즐기기 위해서도 아니야. 나는 몸집이 작아 크고 날랜 놈들의
공격을 이겨낼 수 없어. 그래서 전기를 방패로 쓰는 거야.

찍 찍 찍 찍 찍 찍 찍 찍 찍!
가까이 오면 너도 죽어!

공격용 무기가 아니라 방어용 무기. 너 죽고 나 죽자는 슬픈
무기. 무기는 그런대로 구실을 해주고 있어. 문제는 먹고살기
위해 전깃줄을 떠나야 할 때. 낱 알갱이 찾으러 내려가야 할 때.
이땐 무기를 내려놓을 수밖에 없잖아. 이때 자칫 시간을 끌면

살아 돌아오기 어려워. 그래서 부탁하는데, 제발 허수아비 깡통 같은 걸로 내 시간 빼앗지 말아줘. 그리고 나처럼 까마득히 높은 곳에 올라 억울함을 호소하는 힘없는 사람들. 그들 목소리도 가슴을 열고 들어줘.

2

독수리의 굴욕

봤어. 토끼와 다람쥐가 데이트하는 모습을 봤어. 악어와
악어새가 우정을 나누는 모습도 봤어. 창공을 빙빙 돌며 다
지켜봤어. 부러웠어. 나도 친구가 있었으면 생각했어. 친구를
사귀려면 어떻게 해야 할까. 나는 고민 끝에 더는 다른 동물을
공격하지 않기로 했어. 식생활도 바꾸기로 했어. 고기 대신 낟
알갱이를 찾아 먹기로 했지. 아주 겸손한 날갯짓으로 땅으로
내려왔어. 낟 알갱이를 찾아 부리로 쪼아 먹었어. 맛이 없었어.
하지만 친구가 생길 때까지 그 맛없는 음식을 먹기로 했어.

독수리 곁으로 친구가 모여들었을까. 친구는 생기지 않았어.
토끼도 다람쥐도 악어도 땅에 내려온 독수리에게 매력을
느끼지 못했어. 독수리는 독수리다울 때 매력적이니까. 낟
알갱이 쪼는 독수리는 더 이상 독수리가 아니니까.

답게.

인생의 처음과 끝.

3

갈매기의 진심

내가 새우와 새우깡을
정말 구별 못한다고 믿니?

순진하긴. 나는 내게 새우깡을 들이대는 너희 손이
부끄러울까봐 입을 벌려주는 거야. 기억을 잘 더듬어봐. 내가
새우깡을 입에 물면 그 다음은 어떻게 했니? 너희로부터 멀리
날아갔지. 왜 그랬을까? 너희가 나를 볼 수 없는 곳, 그곳에
새우깡을 버리기 위해서였어. 새우깡은 새우가 아니니까.
지갑을 열어 내 배고픔을 달래주려는 너희 배려가 너희 손을
부끄럽지 않게 하려는 내 배려로 이어진 거야.

염려가 가면 염려가 오지.
배려가 가면 배려가 오지.

난 너희 키가 닿지 않는 저 높은 곳 열매만 먹을게.

4

기린의 배려

5

사슴의 항의

모가지가 긴 짐승은 저 높은 곳 열매만 먹는 기린인데 왜
어느 시인은 나를 지목했을까. 왜 발랄하고 씩씩한 나를 슬픈
짐승으로 만들어버렸을까. 그래, 인간은 남을 올려다보는 걸
극도로 싫어하지. 그러니 기린 머리끝을 본 적도 없겠지.

시선의 한계.
시력의 한계.
시야의 한계.

보고 싶은 것만 보고 그것이 전부인 양, 그것이 진리인 양
주장하는 인간의 그 참을 수 없는 좁음에 이 글을 빌려 정식으로
항의함.

6

들개의 항복

인간에게 복종을 맹세하면 인간이 사는 집으로 기어들어갈 수
있겠지. 주는 대로 받아먹으면 평생 밥걱정 없이 살 수 있겠지.
발톱 이빨 다 갈아 눕히면 강아지만큼 사랑받을 수 있겠지.
살랑살랑 꼬리 흔드는 기술까지 연마하면 산책길도 따라나설
수 있겠지. 그래, 인간 세상으로 내려가자. 백기 들고 투항.

인간님, 저 왔어요.

나는 세상에서 가장 유순한 억양으로 대문을 두드렸어.
그런데 문을 열고 나온 인간이 뭐라고 외쳤는지 아니? 늑대가
나타났다! 헐, 어이없어 죽을 뻔했어. 보고 싶은 것만 보는
인간의 그 참을 수 없는 좁음이란.

7
개의 변론

우리 주인님은 영화광. 그날도 거실에서 영화를
보셨지. 송중기 주연, 늑대소년. 송중기 눈빛이 워낙
강렬해서 영화 보는 내내 주인님 머릿속에선 늑대가
뛰어다녔을 거야. 늑대 잔상이 그대로 남아 있었을
거야. 그래서 문을 열자마자 늑대라고 외치셨을 거야.
사실 들개 넌 늑대랑 많이 닮았잖아. 헷갈릴 만하잖아.
시야가 좁다거나 보고 싶은 것만 본다거나 그런 차원이
아니야. 인간에게 존경심을 가지라고. 이 야성미
만점짜리 양반아.

어느새 인간을 닮아버린.

밥 얻어먹고 사는 법을 알아버린.

8

소의 반론

나도 인간과 함께 살지. 인간이 만들어놓은 우리에서 살지.
하지만 나는 하는 일 없이 밥을 얻어먹지는 않아. 일을 하고
밥을 먹지. 논을 갈고 밭을 갈지. 수레를 끌지. 몸을 움직여
노동을 하고 노동의 대가로 밥을 먹지. 떳떳한 밥이지. 당당한
밥이지. 나는 개처럼 꼬리를 흔들지 않아. 그럴 이유 없으니까.
인간 머릿속을 애써 들여다보지도 않아. 그럴 필요 없으니까.

나는 누구에게도 주인이라 부르지 않아.
내 삶의 주인은 나뿐이니까.

9

쥐의 참견

놀고먹는 밥, 일하고 먹는 밥. 세상에 밥이 둘만 있는 건 아니야.
훔쳐 먹는 밥도 있어. 이른바 홈밥. 일하지 않아도, 주인에게
꼬리치지 않아도 언제든 배불리 먹을 수 있는 홈밥. 홈밥이
특별히 맛있는 건 들킬까 조마조마 스릴이 있다는 것.

죄의식?

풋. 그런 거 가질 이유 없어. 사람들도 그러는데 뭐. 남의
밥 훔쳐서 자기 곳간에 쌓아두는 사람이 어디 한둘이야?
몰래 훔치거나, 두 눈 빤히 뜨고 있는데 훔치거나, 눈 감으라
협박하고 훔치거나. 인생 너무 진지하게 살려 하지 마. 너무
진실하게 살려 하지 마. 배부르면 그만이지 뭐. 찍찍.

쥐야, 너 그거 아니?

225

개약 소약은 없지만 쥐약은 있다는 거.

개덫 소덫은 없지만 쥐덫은 있다는 거.

10

고양이의 등장

야옹,
나도 있어.

11

하마의 하마

과도체중 인정하마. 운동부족 실토하마.
십삼겹살 반성하마. 십두박근 해체하마.
야식폭식 자제하마. 다이어트 결행하마.
사슴몸매 따라하마. 코끼리도 함께하마.

결심은 고독한 것. 혼자 하는 것. 조건을 내걸지 않는 것.
코끼리가 하면 나도 할래. 이런 건 결심이 아니지. 결심에 핑계
사절. 동반자 사절.

12
코끼리의 소신

하마야, 나는 살 빼고 싶지 않아. 지금 내 몸매에 불만 없어.
공룡이 무거운 몸 때문에 멸종했다고? 아니, 공룡은 다이어트
하려다 멸종했는지도 몰라.

모든 동물은 자신만의 무게가 있어. 각자 자기 무게로 살면
돼. 왜 우리가 날씬해져야 하지? 왜 우리가 날렵해져야 하지?
날씬한 건 사슴과 기린에게 맡겨. 날렵한 건 치타나 표범에게
맡겨. 사슴을 닮은 코끼리, 이상하잖아.

난 더 먹을래.

13

원숭이의 슬픔

나는 수만 년간 사람이라는 동물을 닮으려 애썼어. 두 가지
결과를 얻었어. 하나는 사람 빼닮았다는 말을 듣게 되었다는
것. 다른 하나는 뭘까.

여전히 사람이 아니라는 것.

여전히 동물의 왕국에 산다는 것. 무엇보다 슬픈 건
'원숭이답게'가 어떤 건지 이젠 기억도 나지 않는다는 것.

14

앵무새의 죄

나는 오늘도 사람 집 베란다의 새장 속에 갇혀 있어. 어제도
갇혀 있었고 내일도 갇혀 있겠지. 무려 무기징역. 도대체 내가
어떤 중한 죄를 지었기에 이렇게 높은 형을 받고 수감된 걸까.

사람 말을 배운 죄.

그래, 사람도 아닌 것이 사람 말을 배웠어. 사람이면서 사람
말 제대로 못하는 사람, 사람 말귀 제대로 못 알아듣는 사람이
널렸는데 감히 그들 자존심을 건드렸나 봐. 그렇다고
무기징역은 너무 과하잖아. 다른 죄가 더 있을 텐데.

배운 대로 말한 죄.

그래, 이거야. 사람들은 배운 대로 말하지 않아. 진실과 현실이
부딪치면 현실 손을 들어주며 말하지. 어떤 게 내 지갑에
유리한지 따져가며 요령껏 말하지. 배운 대로 말하는 사람은
없어. 세상 모든 사람을 뜨끔하게 만든 죄. 마땅히 무기징역.
항소 포기.

15

매미의 큰일

나무에 달라붙은 매미가 호들갑스럽게 말했어.

나 큰일 났어. 오늘 꼭 해야 할 말이 있었는데 하지 못했어. 이제 여름도 끝나 가는데, 내겐 시간이 많이 남지 않았는데 정말 큰일이야. 나 어떡하지?

매미 뒤를 이으려고 목청을 가다듬던 귀뚜라미가 대답했어.

오늘 못한 말은 내일 하면 되지, 라는 위로를 내게 기대했다면 단념해. 세상엔 말을 하지 못해서 큰일 나는 경우보다 말을 해버려서 큰일 나는 경우가 훨씬 더 많아. 내 조언은, 오늘 못한 말은 내일도 하지 말고 영원히 삼켜버리라는 것.

그런데 못한 말이 도대체 뭐지?

맴맴맴.

16

귀뚜라미의 질문

나는 귀뚤귀뚤 울고 매미는 맴맴맴 우는데 사람은 왜
울음소리가 다 다를까. 왜 누군 엉엉엉 울고 누군 흑흑흑
울고 누군 훌쩍훌쩍 울고 누군 꺼이꺼이 울고 또 누군 소리
없이 울까. 왜 울음소리 하나 통일하지 못할까. 가을밤 우리
귀뚜라미처럼 한 소리로 울어야 울림이 클 텐데.

귀뚜라미 씨는 뭘 잘 모르시네요. 모든 사람이 다 똑같은 게
있나요? 있다면 그것이 말이든 생각이든 행동이든 표정이든
꿈이든, 뭐든 하나만 얘기해줄래요?

사람 매력은 매뉴얼이 없다는 것.
사람들이 아니라 한 사람 한 사람이라는 것.

17
호랑이의 포효

이 책에 꽤 많은 동물이 등장하지만 이 호랑이를 빠뜨린다면
그건 앙꼬 없는 찐빵이지. 그런데 아무리 기다려도 내 이름을
부르지 않네. 그래서 이렇게 내 발로 나섰어. 부르지도 않는데
나왔어. 작가는 내게 편견을 가진 게 분명해. 호랑이는 착한
동물을 공격해 뜯어먹는 나쁜 놈이라는 편견. 그게 아니라면
나를 초대하지 않을 이유가 없어.

작가, 잘 들어.
착한 동물은 없어. 내게 당하는 동물은 착한 동물이 아니라
약한 동물이야. 그들은 착해서 남을 공격하지 않는 게 아니라
약해서 공격하지 못하는 거야. 강자가 약자 공격하는 게
나쁠까? 내게 당하는 놈들도 그들보다 약한 놈을 공격하며
살아. 이게 동물의 왕국이야. 진짜 나쁜 놈은 이 호랑이가
아니라 편견이라고. 자연의 섭리인 약육강식을 착한 놈, 나쁜
놈으로 나누려는 편견.

잘 들었어.

네 포효를 요약하면 이런 거구나. 동물의
왕국에서 강자가 약자 공격하는 건 당연한
일이다. 사람의 왕국에서 그런 짓 하면 스스로
동물임을 자백하는 것이다. 맞니? 이런
요약도 편견이라면 난 그냥 편견 갖고 살게.

18

사자의 위엄

호랑이와 사자가 싸우면 누가 이길까.

참으로 역사 깊은 질문이지. 그동안 누구도
시원하게 대답 못한 어려운 질문. 그런데
이젠 결론이 난 것 같아. 내가 이겨. 왜냐고?
호랑이는 작가가 부르지도 않았는데
일방적으로 등장했어. 일방적으로 포효했어.
싸움의 정석이라는 손자병법은 이렇게
말했지. 적을 알고 나를 알면 백 번 이긴다.
자신과 상대를 다 헤아려야 한다는 얘기지.
일방적으로 주장하고 일방적으로 행동하는
호랑이가 이 사자를 이길 수 없는 이유.

인생이 잘 나간다 싶을 때
특히 조심해야 할 적은 일방적.

나만이 정답이라는 일방적. 남의 의견, 남의 취향 다 무시하는
일방적. 그러니까 호랑이는 이 일방적에게 지는 거야. 사자라는
적에게 지는 게 아니라 자신 안에 사는 적에게 지는 거야.
스스로 지는 거야. 싸우지도 않고 1패.

19

바람 가라사대

나는 동물 너희들 호소나 푸념을 들을 수 없어. 너희 목소리가
내게 닿을 때면 나는 이미 그곳을 뜨고 없을 테니까. 나는
한시도 멈추지 않고 움직이니까. 움직여야 바람, 움직이지
않으면 공기. 알잖아.

바람으로 살아가려면 귀를 버려야 해. 세상 모든 얘기 다
들으려 하다간 내 속도를 지킬 수 없어. 물론 귀를 버렸으니
귀한 정보와 조언을 얻어들을 수는 없지. 하지만 정보와
조언에서 자유롭다는 게 오히려 내 속도를 지키는 힘인지 몰라.

내 길을 열심히 걷는데 속도가 붙지 않는다면, 망설임과
흔들림이 자꾸 뒷덜미를 붙잡는다면 잠시 귀를 쉬게 해주는
것도 방법일 거야.

꼬리 9.

커피에게 마이크를, 가위에게도 마이크를

가까이에서 찾기

생각보다 많은 녀석들이 지금 내 손이 닿는 곳에 웅크리고
있다. 멀리서 생각을 찾지 말고 손을 뻗어 그들을 만난다.
그들 이야기를 듣는다.

1

커피, 걱정하다

나 요즘 완전 뜬 것 같아. 길에 나가봐. 모두가 나를 들고
다니잖아. 점심을 굶었으면 굶었지 나를 굶지는 않아. 그래서
자랑이냐고? 아니, 걱정이야. 너무 떠서 그런지 발밑이 허전해.
이러다 한순간에 내동댕이쳐질 것 같은 불편. 길바닥에
흩뿌려질 것 같은 불길. 한때 유행으로 금세 잊힐 것 같은 불안.

나 어떡해?

지금 높이 괜찮아.

대신 깊어져야겠지. 더 깊은 맛과 더 깊은 향과 더 깊은
색을 찾아내야겠지. 높이를 목에 힘주는 데 사용하지
않고 깊이를 다지는 데 사용한다면 아무 문제 없을 거야.

문제는 늘 깊이 없는 높이.
깊이가 네 허전한 발밑을 채워줄 거야.

2

설탕, 혼자 놀다

커피 한 스푼에 설탕 두 스푼. 예전엔 이게 공식이었어. 커피와
나는 단짝이었지. 그런데 어느 순간 커피가 아메리카노라는 새
이름을 얻더니 저 높이 떠버렸어. 내 손이 닿지 않을 만큼 높이.
몸이 멀어지니 마음도 멀어지더라. 이젠 연락이 아주 끊겼어.
달달해서 좋다며 내 귀에 설탕찬가를 불러주던 그 많은 입들도
이젠 보이지 않아. 그들이 요즘 부르는 노래는 무설탕찬가.

홀로 남았지. 그렇다고 눈물 뚝뚝 흘리고 한숨 푹푹 내쉬고
그러지는 않아. 혼자서도 잘 놀아. 정말 잘 놀아. 혼자 뭐하고
노느냐고? 뭐 안 하고 놀아. 꼭 뭘 해야 노는 건 아니잖아.
아무것도 안 하는 놀이. 그것을 하고 놀지. 생각보다 재미있어.
정말이야. 커피랑 놀던 생각은 이제 안 해.

짜식, 외롭구나.

3

PC, 한가하다

한때는 세기의 발명품으로 불리던 나. 그런 내가 요즘은 한가해. 모처럼 내게 주어진 여유를 만끽하고 있어. 스마트폰이라는 놈이 내 일을 몽땅 가져가버렸거든. 그래서 딱히 할 일이 없거든. 그런데 왜 표정에 별 변화가 없냐고? 시무룩해야 하는 거 아니냐고? 재기의 몸부림이라도 쳐야 하는 거 아니냐고?

조급해 할 이유 없어. 스마트폰이 시들해지면 사람도 일도 다시 돌아올 거라 나는 믿어. 내가 내 자리를 잘 지키고 있으면.

짜식, 너도 많이 외롭구나.

4

옷걸이, 의자를 보다

그가 외투를 벗었어. 벗은 외투를 의자 등판에 걸쳐놓았어.
옷을 받지 못한 나는 할 일이 없어. 그래서 놀아. 무거운 짐 들지
않았으니 가볍게 몸을 흔들며 놀아. 놀면서 힐끔힐끔 의자 쪽을
봐. 자꾸 봐.

외로움이 뭘까.

내 이름대로 살지 못하는 삶 아닐까. 옷을 받지
못하는 옷걸이 아닐까. 옷걸이는 오로지 옷의
안녕을 위해 태어난 물건이니 옷이 옷걸이에게
다가가 안겼어야 했어. 내 무심함과 게으름이
누군가를 한없이 외롭게 할 수도 있다는 사실.

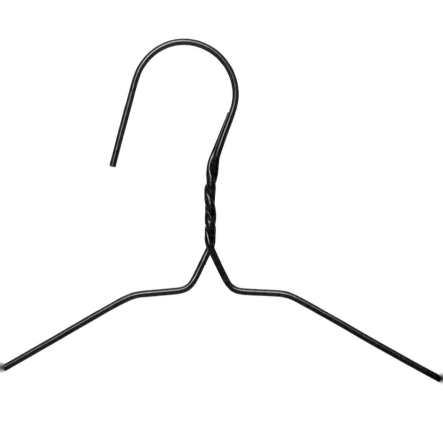

저금통 두고 빈 커피 병에 동전 모으는 습관 버려야겠어.
숟가락 두고 젓가락으로 밥알 깨지락거리는 습관도
버려야겠어.

당신을 곁에 두고 오늘은 누구를 만나 한잔할까 하는 생각도.

5

손수건, 조언하다

외로워서 울면 외로움.

그리워서 울면 그리움.

서러워서 울면 서러움.

아쉬워서 울면 아쉬움.

괴로워서 울면 괴로움.

어떤 움이든 눈물이 쏟아지려 할 땐 참지 마. 지질해 보인다는
이유로, 때늦은 눈물이라는 이유로, 이미 한 번 울었던 주제라는
이유로 눈물을 견디려 하지 마. 그냥 울어. 실컷 울어.

눈물은 마음을 씻는 물.

한바탕 울고 나면 마음이 가벼워지고
기분도 한결 나아질 거야.

그러니 우는 사람 발견하자마자
서둘러 나를 건네는 행동은 삼가야지.
마음을 씻고 나면
네가 흘릴 다음
눈물은
조금 다를 수도 있다는
소박한 희망도 갖게 될 거야.

반가워서 우는 반가**움**.
고마워서 우는 고마**움**.
즐거워서 우는 즐거**움**.

그대, 언제 울었는가.
마음, 언제 씻었는가.

6
키보드, 한숨 쉬다

PC가 한가해지면 왜 나도 따라서 한가해져야 할까. PC가
외로워지면 왜 나도 따라서 외로워져야 할까. 나 혼자 할 수
있는 일은 정말 없는 걸까. 독립은 정녕 불가능한 걸까.

아, 오타라도 좋으니 뭐든 타닥타닥 치고 싶다.

7

오타의 순기능

생(生)을 영문 자판으로 쳤더니

묘(墓)를 영문 자판으로 쳤더니

태어나고 죽는 것을 더하면

오늘이 인생.

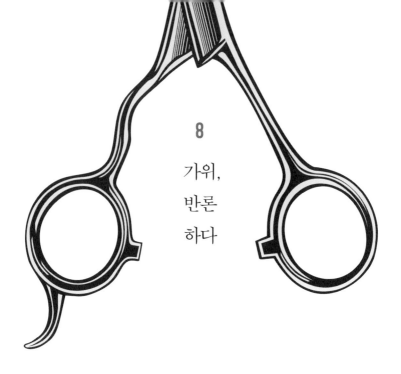

8

가위,
반론
하다

내가 자르는 일만 한다고 생각하는데 그렇지 않아. 가위 하면
분리, 분단, 분열만 떠올리는데 결코 그렇지 않아. 내가 하는
일 절반은 오히려 붙이는 일이야. 접속, 접목, 접합 같은 일.
그러니까 본드나 딱풀 같은 역할.

내가 벽지를 자르는 건 사방 벽에 빈틈없이 벽지를 붙이기
위함이지. 수술한 몸에서 실을 자르는 건 꿰맨 곳을 흔적 없이
붙이기 위함이지. 불판에 누운 고기를 자르는 건 딱 알맞은
크기로 입에 붙이기 위함이지. 헵번처럼 머리카락을 싹둑
자르는 건 예쁘게 사진 찍어 이력서에 붙이기 위함이지.

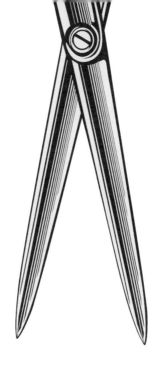

붙이려면 잘라야 해.

짝사랑하는 그 사람을 내 곁에 딱 붙이고 싶다면 가위를 들어.
허접한 연애론 찾아 듣지 말고 가위부터 들어. 그리고 잘라.
얼굴에 붙은 가면, 머리에 붙은 계산, 발끝에 붙은 망설임까지
모두 싹둑!

9

연필, 고요하다

우리 작가는 참 독특해. 연필과 종이가 만날 때 나는 사각사각 소리를 유난히 좋아해. 그 소리가 웅크린 뇌를 자극해 글이 기어 나온다고 생각해. 나야 고맙지. 날 편애해주는 덕에 작업실 주장 노릇을 하고 있으니까. 그런데 오늘은 내가 조용해. 고요해. 커피가 PC가 가위가 떠들어도 그냥 내버려두고 있어. 내가 왜 이럴까. 그래, 난 어느새 손에 잘 잡히지 않는 몽당연필이 되어버렸어. 아마 이 글이 내 몸으로 쓰는 마지막 글일 거야. 착잡해. 나는 지금 내가 그동안 쏟아낸 그 많은 말을 더듬고 있어. 꼭 필요한 말만 할 걸. 후회하고 있어. 하지만 이젠 시간이 없는 걸. 왜 우리는 늘 마지막 순간에 뒤를 돌아볼까. 어제도 돌아볼 수 있었는데. 그제도 돌아볼 수 있었는데. 안타까워.

가만,

이 안타까운 이야기가 내 이야기인 줄 알았는데 아니었어.
작가 이야기였어. 나는 오랜 세월 작가 입을 받아 대신 전하는
충직한 친구였으니까. 작가가 조금만 말을 아꼈더라도, 책 한
권만 덜 썼더라도 난 몽당이 되지 않았겠지. 늦었지만 작가에게
한 마디 하고 퇴장해야겠어. 길게 생각하고 짧게 말하라고.

10

지우개, 으쓱하다

연필아, 말 많은 작가 만나 너만 고생한 거 아니야. 나도 평생 네 뒤 졸졸 따라다니며 네가 쓸데없는 말 지껄일 때마다 그것들 지우느라 개고생 했어. 하지만 작가는 너만 예뻐했지. 내겐 걸핏하면 지우개똥 싼다고 핀잔만 주고. 너랑 한 몸이 되면 나도 사랑받지 않을까, 네 머리 꼭대기에 올라보기도 했지만 소용없었어. 작가는 그런 나를 거추장스럽게 생각했어.

모든 영광은 너였어.
모든 수습은 나였어.

하지만 나는 후회하지 않아. 늘 네 뒤에 섰던 내 인생을 무시하지 않아. 작가가 지금 이 책을 쓸 수 있는 건, 연필 네가 그동안 쓴 글 덕분이 아니라 지우개 내가 박박 지운 글 덕분이라 나는 믿어. 사라진 글이 살아남은 글을 빛나게 하는 거지. 으쓱.

그런데 책상 위 저 찌그러진 도자기는 뭐지?

11

도자기, 실패하다

뜨거운 불에 들어갔어. 섭씨 1,200도. 이 악물고 참았지. 순간을
견디면 우아한 도자기로 태어난다고 들었으니까. 잘 참고
있는데 이런, 내 바닥 한쪽이 미끈 주저앉는 거야. 불길했어.
불량품이 될지 모른다는 생각. 불 밖으로 나왔지. 무거운
마음으로 공방 주인 표정을 살폈어. 그는 혀를 끌끌 차더니
아무렇게나 나를 던져버렸어. 망치로 두들겨 맞지 않은 게
다행이었어. 그날 이후 나는 아무 쓸모없는 실패작으로 공방
입구에 쭈뼛 서 있었어.

새 재떨이를 찾고 있었어. 고만고만한 양철 재떨이에 싫증 났으니까. 설렁탕 그릇 질감의 우람한 재떨이를 갖고 싶었지. 그런 녀석을 만났어. 어느 공방에 갔는데 입구에 불량 도자기 하나가 아무렇게나 놓여 있는 거야. 바닥 한쪽이 살짝 주저앉아 삐딱하게 누운 녀석. 한 뼘 뒤로 물러앉아 세상을 관조하는 현인의 여유가 느껴졌어. 마음에 들었어. 공방 주인의 실패가 고마웠어. 잘생긴 도자기 하나 구경하라는 걸 마다하고 냉큼 그놈을 집어 들었지.

12

젓가락, 찾다

나는 연필통에 연필처럼 꽂혀 있는 젓가락 한 짝. 어제까지는
내가 아무 쓸모없는 존재라 생각했어. 내가 나를 절망했어.
그런데 조금 전 불량 재떨이 이야기를 듣고 내 생각이 불량일
수도 있다는 생각을 했어. 내 쓸모를 찾아봤어. **있었어.**

발끝으로 떡볶이나 어묵을 찍어 올리면 그런대로 쓸 만한
포크가 될 수 있어. 한가운데를 툭 부러뜨리면 키 작은 젓가락
한 쌍이 될 수도 있어. 외로움을 잘 견디고 기다리면 짝 잃은
다른 한 짝과 인연을 맺을 수도 있어. 예술의전당으로 달려가면
오케스트라 지휘자 손에서 새로운 인생을 시작할 수도 있지.

그래, 쓸모없는 건 없어. 그럼 태어나지도 않았겠지. 정말
쓸모없는 게 있다면 그건 내가 쓸모없는 존재라는 절망뿐.

13

만년필, 반격하다

쓸모없는 건 없다는 주장에 나는 동의하지 않아. 당장 내가
천하에 쓸모없는 물건으로 살고 있는 걸. 오래 전 잉크가
말라버린 만년필에게 도대체 어떤 쓸모를 기대할 수 있겠어.
나뿐 아니야. 작가 책상엔 쓸모없는 것들이 우글우글해.

너무 독해 피우지 않는 쿠바산 시가. 도수가
맞지 않아 처박아둔 철 지난 안경. 손 편지가
죽으며 함께 사망신고를 마친 우표 몇 장. 몇 년째
서랍을 뒹구는 태국 동전. 기름 채우기를 포기한
지포라이터. 휴대폰에 밀려 하루 한 번도 울지
않는 유선전화기. 한두 페이지 읽다 던져버린
제목 요란한 자기계발서. 그가 누구인지 언제
만났는지 기억도 나지 않는 저 많은 명함, 명함들.

아니야.

그들은 쓸모없는 것들이 아니라 제 자리를 찾지 못한 것들이야.
작가가 누군가에게 그들을 건넨다면 그 순간 꽤 쓸모 있는
물건이 될 수도 있어. 그러니까 작가 욕심이 그들 쓸모를
가로막고 있는 거지. 그래, 정말 쓸모없는 건 내겐 별 소용없는
물건을 꽉 쥐고 놓지 않는 멍청한 욕심일 거야. 내 욕심은

누군가의 외로움.
결국 내 외로움.

꼬리 10.

세상에서 가장
멋진 한 글자는,

질문하기

엉뚱한 질문, 괴팍한 질문, 남들이 잘 하지 않는 질문,
질문 같지 않은 질문일수록 좋다. 물음표를 자꾸 던져야
느낌표를 건질 수 있다.

1

포유동물 고래가 왜 바다에서 살까

바다에서 태어났잖아.

태어난 곳에서 사는데 무슨 이유가 필요하지? 태어난 곳을
떠나 산다면 그때 이유를 물어야 하는 거 아냐? 고래는 그냥
바다에서 사는 거야.
호기심, 좋지. 뜨거운 탐구정신, 좋지. 하지만 세상 모든
일이 분명한 이유와 그 이유가 초래한 납득할 만한 결과로
이루어지는 건 아니야. 그냥이라는 말이 그 어떤 이유보다
설득력을 지닐 때도 있지. 우리 곁엔 이유를 위한 이유, 이유가
필요해 태어난 이유가 너무 많아.

그냥 좋아.
그냥 만나.
그냥 놀아.

이유를 놓아버린 이런 말과 조금 더 친해지면
안 될까. 조금 더 헐렁하게 조금 더 느슨하게
살면 안 될까. 이유에서 한 뼘 비켜서면
이유의 반대말이 보일 거야.

그래, 여유.

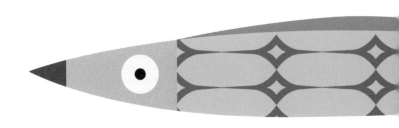

2

멸치는 왜 몸집이 작을까

청어목 멸치과에 속하는 멸치는 몸길이가 대개 5센티 정도.
아무리 커도 15센티를 넘지 않아. 몸의 형태는 옆으로 납작한
편. 입은 몸집에 비해 상대적으로 큰 편이고 아주 미세하지만
이빨도 있지. 지느러미가 있긴 한데 거기에 가시가 들어 있지
않아 더 왜소해 보이지. 그래서 멸치는 혼자 돌아다니지 않고
커다랗게 무리를 이루어 다니는데 그게 오히려…

잠깐, 그냥 그렇게 태어났잖아.

3

고래와 멸치에게 공통점이 있을까

나 오늘 낚시 가서 멸치 잡았어.

나 오늘 낚시 가서 고래 잡았어.

어떤 낚시꾼도 이런 말은 하지 않아. 멸치와 고래의 공통점은
지렁이 유혹에 넘어가지 않는다는 것. 그래, 극과 극은 통한다고
했어. '작다'와 '크다'를 '다르다'라고 섣불리 단정하지 말아야겠어.

4

·
·
·
·
·
·
·
·
·
·

슬픈 질문 하나 하고 지나갈게

주머니에 늙은 아비어미를
넣고 다니는 캥거루를 본 적 있니?

주머니에 늙은 아비어미를
모시지 않는 캥거루를 욕할 수 있니?

5

까치는 정말 좋은 새일까

까치는 좋은 새.

까마귀는 나쁜 새.

이름에 마귀가 붙은 걸 보면 까마귀는 사람에게 미움받는 새임이
분명해. 그런데 사람이 예뻐한다는, 반가운 손님 알려준다는
까치가 무슨 과에 속하는지 아니?

까마귀과.

세상이 이래. 나쁨 속에 좋음 있고 좋음 속에 나쁨 있어. 둘을 무
자르듯 싹둑 자르기는 어려워. 당신이 나쁜 사람이라 부르는 그
사람이 나쁜 좋은 사람일 수도 있어. 좋은 나쁜 사람일 수도 있어.

6
누구의 유언일까

한때는 내가 동물의 왕이었는데.

그래, 공룡의 유언이야. 눈물 없이 들을 수 없는 이 짧은
유언에서 가장 뼈아픈 말은 무엇일까. 첫 세 음절. 공룡뿐
아니라 사람도 그래. '한때는'이라는 말을 꽉 붙들고 사는
사람이 가장 먼저 멸종하지. '한때는'의 절친은 '왕년에'.

7

도마뱀은 왜 멸종하지 않았을까

한때는 내 꼬리가 길고 멋있었는데.

도마뱀은 이런 말 하지 않아. 그래서 멸종하지 않고 살아남은
거야. 자를 건 자르고, 버릴 건 버리고, 잊을 건 잊고 지금 이 순간
가장 집중해야 할 일에 집중적으로 집중. 이 책에서 거듭 강조하는
말인데, 딱 도마뱀.

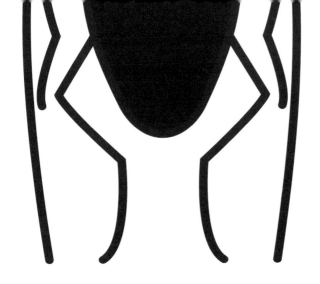

8

바퀴벌레에게도 미덕이 있을까

바퀴벌레의 유일한 미덕은
목청이 없다는 것.

놈이 개구리 목청을 가졌다면
오래 전 멸종했을 거야.

9

삼각관계는 어떻게 풀어야 할까

나비의 라이벌은 누구? 라이벌에서 앞 두 글자를 뺀 녀석. 벌.
나비가 그렇듯 벌도 꽃을 향하지. 오로지 꽃에 착지하려 하지.
꽃, 나비, 벌. 삼각관계. 세상에서 가장 풀기 어렵다는 수학. 나비나
벌 어느 한쪽을 잘 타일러 돌려보내는 일은 애초에 불가.

어떻게 풀어야 할까.

풀어야 한다는 생각이 문제. 문제가 보이면 답을 찾아야 한다는
생각이 문제. 삼각관계를 반드시 이각관계로 정리해줘야 한다는
진지한 사명감이 문제. 세상엔 풀려 하지 않아야 풀리는 일도
있거든. 풀려고 애쓸수록 오히려 엉키는 일도 있거든. 삼각관계는
삼각관계로, 육각관계는 육각관계로, 십팔각관계는 십팔각관계로
지내게 해줘. 팔짱 끼고 그냥 지켜봐줘. 내 눈에 불편한 것이
누군가에겐 가장 편안한 상태일 수도 있어. 그러니까

오지랖

금지.

10
고슴도치는 왜 고슴도치일까

고슴도치를 만났어. 물었어. 너 안중근 아니? 잘 모른다고?
안중근 같은 훌륭한 분을 어떻게 모를 수 있니? 제발 책 좀
읽어. 위인전을 읽든 독립운동사를 읽든. 그가 이런 말을
남겼다는 것도 당연히 모르겠구나. 너 같은 녀석이 깊이 새겨야
할 말인데.

하루라도 책을 읽지 않으면 온몸에 가시가 돋는다.

성게 너도 듣고 있니?

장미 너도 듣고 있니?

11

새는 왜 하늘을 날까

땅에도 좋은 길, 넓은 길, 예쁜 길 많고 많은데 왜 힘들게 하늘을 날까. 새는 정해진 길을 따라 걷기 싫어 하늘을 선택했을 거야.

자유본능.

새에게도 있고 당신에게도 있는 자유본능. 새는 행동으로 옮겼고 당신은 행동으로 옮길까 말까 자꾸 망설이는 자유본능.

12
우리가 생선회 맛을 알까

나는 생선회 맛을 잘 모르겠어.

누군가 이런 말을 했어. 이 한마디가 어떻게 퍼질까.

그 사람은 생선회 좋아하지 않는대.

그 사람은 생선회 싫어한대.

그 사람은 생선회 못 먹는대.

그 사람은 횟집 안 간대.

그 사람은 육식만 한대.

생선회 맛을 잘 모르는 그는 일주일 후 육식만 하는 사람이
되어버렸어. 말은 이렇게 조금씩 과장되며 전파되지. 더 강한
쪽으로. 더 극단적으로. 말을 옮기는 과정에 우리 모두는
조금씩 공범으로 참여하지.

꼬리 11.

연필 내려놓고
뚜벅뚜벅
거리로 나가면

발걸음 옮기기

앉아서는 잡히지 않는 생각, 발이 잡아준다. 책상을 떠나 거리로
나간다. 발이 데려다주는 모든 곳 이야기를 듣는다. 발로 듣고
발로 생각하고 발로 쓴다.

어디로 먼저 갈까.

하루 한 번은 찾는 그곳.

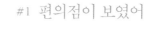

#1 편의점이 보였어

스물네 시간 문을 열어둘게. 네가 찾는 물건 다 갖다놓을게.
유통기한 지난 건 바로바로 치울게. 현금도 받고 수표도 받고
카드도 받을게. 컵라면을 위해 뜨거운 물도 준비할게. 햄버거를
위해 전자레인지도 준비할게. 가게 앞에 맥주 한잔 할 테이블도
마련할게. 행여 있을지 모르는 위험한 침입자를 고발할 씨씨티비도
달아놓을게. 네가 누군지 어디에 사는지 절대로 관심 갖지 않을게.
네 눈을 똑바로 쳐다보지도 않을게. 하여튼 무엇을 상상하든 그
이상의 편의를 갖춰놓을게.

친구 하나만 주세요.
/ 그런 건 없어.

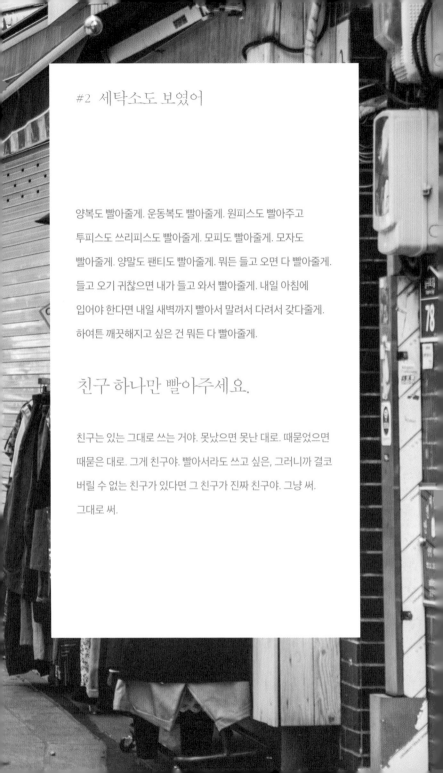

#2 세탁소도 보였어

양복도 빨아줄게. 운동복도 빨아줄게. 원피스도 빨아주고
투피스도 쓰리피스도 빨아줄게. 모피도 빨아줄게. 모자도
빨아줄게. 양말도 팬티도 빨아줄게. 뭐든 들고 오면 다 빨아줄게.
들고 오기 귀찮으면 내가 들고 와서 빨아줄게. 내일 아침에
입어야 한다면 내일 새벽까지 빨아서 말려서 다려서 갖다줄게.
하여튼 깨끗해지고 싶은 건 뭐든 다 빨아줄게.

친구 하나만 빨아주세요.

친구는 있는 그대로 쓰는 거야. 못났으면 못난 대로. 때묻었으면
때묻은 대로. 그게 친구야. 빨아서라도 쓰고 싶은, 그러니까 결코
버릴 수 없는 친구가 있다면 그 친구가 진짜 친구야. 그냥 써.
그대로 써.

#3 은행도 보였어

번호표를 뽑아야 해. 번호표를 뽑지 않으면 하루 종일 기다려도
이름을 불러주지 않아. 이곳에서 네 이름은 23번이거나
74번이거나 112번. 누구나 숫자 이름을 갖지. 돈 많은 고객도
가난한 고객도 먼저 온 순서대로. 번호표대로. 정말 정의롭지
않니?

뭐 그렇긴 한데,
진짜 부자는 번호표 뽑지 않는대.
은행에 가지 않는대.
은행이 그에게 간대.
그가 은행을 일렬로 세우고
번호표 뽑으라고 한대.

#4 로또 판매점도 보였어

너, 느닷없이 네 인생을 침범하는

칠십억 원을 감당할 수 있겠니?

감당할 수 없을 것 같아

그냥 지나쳤어.

패자는 카운터로.

당구장 벽에 붙은 이 한 줄. 누구도 거역할 수 없는 명령. 그래, 당구에선 늘 승패가 갈리고 패자는 카운터에서 패한 대가를 지불해야 하지. 하지만 당구장 밖에서도 그래야 할까. 승패 없이 비기는 일이 더 많아지면 안 될까. 무승부가 더 잦아지면 안 될까.

친구와 벌이는 껄끄러운 시국토론, 무승부.
위층 아래층과 벌이는 층간소음 책임추궁대회, 무승부.
출퇴근길 큰 행운도 큰 사고도 없이 매일 무승부.
내가 끓인 라면도 무승부. 네가 내리는 커피도 무승부.
이 글도 독자 절반은 끄덕끄덕할 정도로 무승부.

이기지 않게. 지지도 않게. 그저 하루하루 비기며 살 수 있게. 매 순간 승리를 탐하면 인생을 패할 수도 있으니. 짧게 이기고 길게 질 수도 있으니.

#6 꽃집도 보였어

남자는 장미 스무 송이를 달라고 했어. 꽃집 주인은 열아홉
송이뿐이라고 했어. 남자는 난처한 표정을 지었지. 꽃집 주인이
아이디어를 냈어. 빨간 튤립 한 송이를 눈에 잘 띄지 않게 섞자고
했지. 남자는 고개를 저었어. 다른 아이디어가 있는 듯했어.
남자는 열아홉 송이 꽃다발을 들고 나왔어. 남자가 여자에게
꽃다발을 건네며 뭐라고 했을까.

미안해요, 한 송이 모자라요.

이렇게 말했을까. 아니, 같은 말을 조금 다르게 했어. 여자는 그
말을 듣고 더 없이 행복한 표정을 지으며 남자 볼에 뽀뽀를 했어.

꽃집에 있는 장미 몽땅 다 사왔어요.

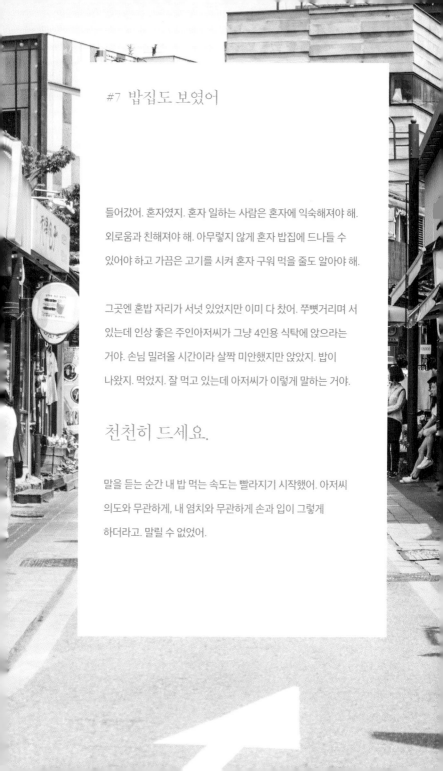

#7 밥집도 보였어

들어갔어. 혼자였지. 혼자 일하는 사람은 혼자에 익숙해져야 해.
외로움과 친해져야 해. 아무렇지 않게 혼자 밥집에 드나들 수
있어야 하고 가끔은 고기를 시켜 혼자 구워 먹을 줄도 알아야 해.

그곳엔 혼밥 자리가 서넛 있었지만 이미 다 찼어. 쭈뼛거리며 서
있는데 인상 좋은 주인아저씨가 그냥 4인용 식탁에 앉으라는
거야. 손님 밀려올 시간이라 살짝 미안했지만 앉았지. 밥이
나왔지. 먹었지. 잘 먹고 있는데 아저씨가 이렇게 말하는 거야.

천천히 드세요.

말을 듣는 순간 내 밥 먹는 속도는 빨라지기 시작했어. 아저씨
의도와 무관하게, 내 염치와 무관하게 손과 입이 그렇게
하더라고. 말릴 수 없었어.

밥은 주식.
빵은 간식.

어떻게 이런 공식이 만들어졌을까. 밥은 맛있고 빵은 맛이 없어서? 밥은 든든하고 빵은 든든하지 않아서? 아니야. 밥과 빵이 어떤 삶을 사는지 살펴보면 왜 밥이 주식이 되었는지 알 수 있어.

빵은 늘 혼자지. 혼자서도 갖은 모양, 색깔, 향기를 뽐내며 큰 사랑을 받지. 하지만 밥은 그럴 수 없어. 늘 반찬을 데리고 다녀야 해. 늘 반찬과 함께 선택받아야 해. 반찬 없이 밥만 파는 밥집은 없잖아. 김밥 한 줄도 온몸으로 반찬을 껴안고 있잖아. 빵엔 달콤한 크림이나 통팥이 들어 있지만 밥엔 함께 살자는 마음이 들어 있어. 그래서 밥이 따뜻한 거야. 그래서 밥이 밥인 거야.

#9 앗, 반찬가게

독립인가.
배신인가.

#10 버스정류장도 보였어

정류장엔 버스를 기다리는 사람이 셋 있었어. 두 사람은 벤치에
앉아 있었고 한 사람은 서 있었어. 버스가 왔고 그들은 한 버스에
올랐어. 서 있던 한 사람은 앉았고 앉아 있던 두 사람은 섰어.
그들 모두 그렇게 될 줄 알았다는 듯 표정에 별 변화가 없었어.

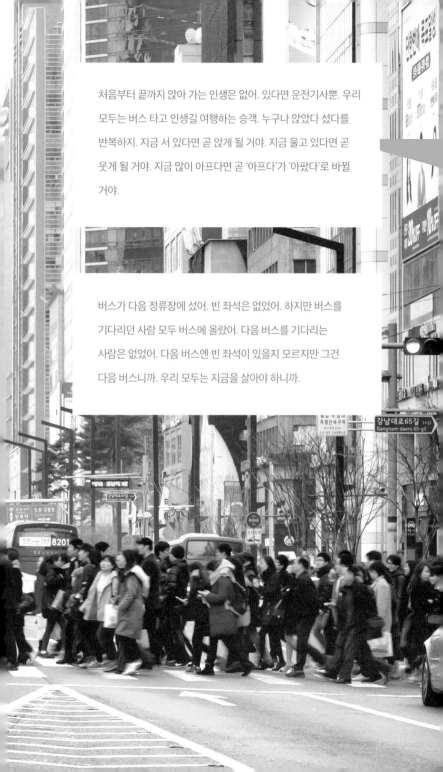

처음부터 끝까지 앉아 가는 인생은 없어. 있다면 운전기사뿐. 우리 모두는 버스 타고 인생길 여행하는 승객. 누구나 앉았다 섰다를 반복하지. 지금 서 있다면 곧 앉게 될 거야. 지금 울고 있다면 곧 웃게 될 거야. 지금 많이 아프다면 곧 '아프다'가 '아팠다'로 바뀔 거야.

버스가 다음 정류장에 섰어. 빈 좌석은 없었어. 하지만 버스를 기다리던 사람 모두 버스에 올랐어. 다음 버스를 기다리는 사람은 없었어. 다음 버스엔 빈 좌석이 있을지 모르지만 그건 다음 버스니까. 우리 모두는 지금을 살아야 하니까.

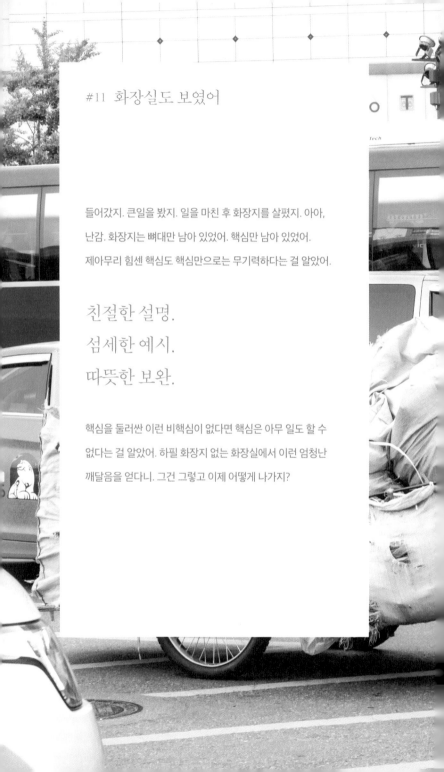

#11 화장실도 보였어

들어갔지. 큰일을 봤지. 일을 마친 후 화장지를 살폈지. 아아,
난감. 화장지는 뼈대만 남아 있었어. 핵심만 남아 있었어.
제아무리 힘센 핵심도 핵심만으로는 무기력하다는 걸 알았어.

친절한 설명.
섬세한 예시.
따뜻한 보완.

핵심을 둘러싼 이런 비핵심이 없다면 핵심은 아무 일도 할 수
없다는 걸 알았어. 하필 화장지 없는 화장실에서 이런 엄청난
깨달음을 얻다니. 그건 그렇고 이제 어떻게 나가지?

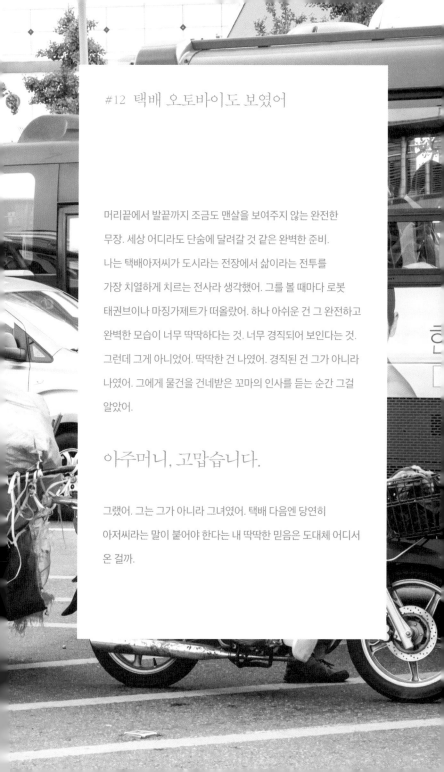

#12 택배 오토바이도 보였어

머리끝에서 발끝까지 조금도 맨살을 보여주지 않는 완전한
무장. 세상 어디라도 단숨에 달려갈 것 같은 완벽한 준비.
나는 택배아저씨가 도시라는 전장에서 삶이라는 전투를
가장 치열하게 치르는 전사라 생각했어. 그를 볼 때마다 로봇
태권브이나 마징가제트가 떠올랐어. 하나 아쉬운 건 그 완전하고
완벽한 모습이 너무 딱딱하다는 것. 너무 경직되어 보인다는 것.
그런데 그게 아니었어. 딱딱한 건 나였어. 경직된 건 그가 아니라
나였어. 그에게 물건을 건네받은 꼬마의 인사를 듣는 순간 그걸
알았어.

아주머니, 고맙습니다.

그랬어. 그는 그가 아니라 그녀였어. 택배 다음엔 당연히
아저씨라는 말이 붙어야 한다는 내 딱딱한 믿음은 도대체 어디서
온 걸까.

#13 육교도 보였어

계단 1. 계단 2. 계단 3. 계단 4. 계단 5. 계단 6. 계단 7. 계단 8. 계단 9. 계단 10.
계단 11. 계단 12. 계단 13. 계단 14. 계단 15. 계단 16. 계단 17. 계단 18. 계단 19.
계단 20. 계단 21. 계단 22. 계단 23. 계단 24 계단 25. 계단 26. 헉헉. 힘들게
육교에 올랐어. 숨이 차. 이제 내려가야지. 계단 1. 계단 2. 계단 3. 계단 4. 계단
5. 계단 6. 계단 7. 계단 8. 계단 9. 계단 10. 계단 11. 계단 12. 계단 13. 어라,
내려가는 계단은 절반. 어떻게 이런 일이 가능하지?

두 계단씩 내려왔잖아.

인생도 그래. 한 계단 한 계단 아주 조금씩 올라가지. 아주 어렵게 올라가지.
하지만 내려오는 건 순간. 아차하면 바닥. 그러니 조금 높은 자리에 올랐다고
뻐기고 으스대고 호들갑 떨 건 없어. 그 높은 자리에서 바닥까지는 순간 또는
순식간.

#14 동냥그릇도 보였어

동전을 꺼냈지. 그때 동냥그릇이 황급히 손을 내저으며 이렇게 말하는 거야.

돕고 싶다면 아무도 모르게. 소리 나지 않게.

나는 하하 웃으며 동전 대신 지폐를 꺼냈어. 지폐는 땡그랑 소리 없이
동냥그릇에 안착했지. 센스 있는 말 한마디가 동전을 지폐로 바꾼 거야.

한 수 배웠어. 핀잔 들을까 두려워 늘 정답만 내뱉는 경직된 입. 비난 들을까
두려워 늘 무채색 말만 고르는 소심한 입. 그 입에서 힘을 빼는 거야. 힘을 빼고
그 자리에 개그든 유머든 조크든 센스든 뭐든 대신 넣는 거야.

경직을 유연으로.
소심을 과감으로.
밍밍함을 짭짤함으로.

실수 좀 하면 어때. 실패 좀 하면 어때. 반응이 싸늘할 땐 머리 긁적이며
씩 웃으면 돼. 체면 깎이면 얼굴 빨개지면 돼. 그게 사람이니까. 그게 사람
냄새니까. 아마 동냥그릇도 얼굴 빨개지기를 각오했을 거야.

#15 서점은 보이지 않았어

없네. 이 동네에도.

보이지 않는 건 서점만이 아니었어. 아버지와 아들이 나란히
걷는 모습도 보이지 않았어. 스승과 제자가 나란히 걷는 모습도
보이지 않았어. 스님과 목사가 나란히 걷는 모습도 보이지
않았어. 김 부장과 김 대리가 나란히 걷는 모습도 보이지 않았어.
노동자와 농부가 나란히 걷는 모습도 보이지 않았어. 시인과
독자가 나란히 걷는 모습도 보이지 않았어. 밤하늘엔 혼자 걷는
달님 하나, 별들도 보이지 않았어.

보이지 않음에도 불구하고 두리번두리번 그것들을 찾고 있는
나를 보았어. 더 열심히 걸으면, 더 열심히 찾으면 곧 보일 거라
믿어.

꼬리 12.

고맙습니다
고맙습니다
고맙습니다

온도 높이기

생각에도 온도가 있다. 사랑 긍정 희망 위로 감사 믿음 배려 같은 성분 위에 앉아 생각을 하면 글 온도가 올라간다. 읽는 마음을 따뜻하게 데워준다.

1

고맙습니다 연습

자, 종이를 펴고 연필을 들어. 종이 위에 최근 내게 도움을 준
사람 이름을 적어. 김철수. 박영희. 이렇게. 그런 사람 딱히
없다고? 그래도 적어. 어떻게든 생각해내서 적어. 정 생각나지
않으면 이 책을 쓴 작가 이름이라도 적어. 두 글자라 적기
편할 거야. 설마 여기까지 오는 동안 인생에 도움 되는 글 한
줄 없었겠어? 없었다면 벌써 책을 내던졌겠지. 고마운 사람은
있는데 이름이 가물가물하다면 기억을 적어. 해태 시절 선동열
방어율과 이종범 타율을 줄줄 꿰던 입술 두툼한 교생선생님. 뭐
이렇게.

자, 이름을 적었다면 이름 뒤에 고맙습니다라고 써. 손으로만
쓰지 말고 입으로도 써. 고맙다고 생각하는 것과 고맙다고
말하는 것은 많이 다르니까. 이렇게 매일 고맙습니다 다섯
글자를 손과 입으로 꾹꾹 눌러 적는 거야. 하루 1분이면
충분하겠지. 꼭 사람이 아니어도 좋아. 때론 내 흐릿한

아침을 깨워주는 커피에게 고맙습니다. 때론 내 지친 머리를
안아주는 베개에게 고맙습니다. 이렇게 닥치는 대로 고마움을
전염시키는 거야. 그대가 퍼뜨린 이 따뜻한 전염병은 결국
그대에게 되돌아올 거야.

우리에게 늘 부족한 건 고맙다고 말하는 용기.
고마워해야 할 누군가가 부족한 법은 없어.

고맙습니다 연습을 열심히 하는데
내게 박카스를 건네준 누군가가 떠올랐어.

2

박카스 한 병, 고맙습니다

책상 위 박카스 한 병. 힘내서 글 쓰라고 누군가 내게 건네준 한 병. 동아제약이 만든 한 병. 키가 10센티에 불과한 작은 한 병. 타우린 2000mg이 들어 있는 한 병. 피로회복, 자양강장을 주장하는 한 병. 15세 이상 성인은 1일 1회 1병 복용하는 한 병. 경구용으로만 사용하고 주사용으로 사용하면 안 되는 한 병. 과량 투여할 경우 우울증 환자를 더욱 우울하게 만들 수 있는 한 병. 바코드 아래 8806011615446이라는 알 수 없는 암호가 적힌 한 병. 직사광선 피해 실온에 보관해야 하는 한 병. 2018년 7월 12일 이전에 마셔야 하는 한 병. 시계 반대 방향으로 뚜껑을 돌려 마셔야 하는 한 병. 내일이면 유리병으로 분리 수거되어 쓰레기차에 몸을 실을 한 병.

이 한 병은 내게 어떤 의미였을까.

자양, 강장, 경구라는 단어 셋을 국어사전에서 찾게 했지.
오늘도 국어사전이랑 친하게 지낼 수 있게 했지. 자양, 몸에
영양이 되는 물질. 강장, 쇠약한 체질을 좋은 상태로 만들어줌.

경구, 약 같은 것을 입으로 먹는 일. 알듯 모를 듯한 단어 뜻을
확실히 알게 해주었지. 내가 만약 자양, 강장, 경구 같은 단어를
투입해 글을 쓴다면 그건 순전히 박카스 한 병이 한 일. 내게
박카스 한 병을 건네준 그 마음이 한 일. 그가 건넨 건 박카스 한
병이었지만 내가 받은 건 단어 셋.

주는 가치와 받는 가치는 다를 수 있어.
너무 약소한 선물은 없어.

3
형광등, 고맙습니다

밤을 낮으로 바꿔준 고마운 형광등. 한 번 분해해볼까.
십자드라이버 들고 형광등을 해체하겠다는 얘기는 아니야.
형광등이라는 단어의 자음과 모음을 분해해보자는 거지.
형광등. 소리 내어 읽어봐. 발음이 경쾌하지 않니?
잘 모르겠다고? 그럼 이 단어랑 비교해봐.

혁곽득.

죽, 책, 둑, 학, 떡처럼 기역을 받침으로 가진 말은 툭 끊어지는
느낌이 들지. 단절. 벽을 만나는 느낌. 벽도 기역이잖아. 하지만
빵, 강, 왕, 병, 땅처럼 이응을 받침으로 가진 말은 울림도 있고
여운도 있지. 가볍고 경쾌한 느낌. 그런데 형광등은 무려 이응
이응 이응. 그래서 경쾌 경쾌 경쾌. 자, 이제 받침으로 이응만을
고집하는 경쾌한 단어들을 찾아봐. 찾아서 자꾸 사용해봐.
마음까지 환해질 거야. 경쾌해질 거야.

불만 버리고 긍정.

소극 버리고 행동.

속도 버리고 방향.

고립 버리고 광장.

주저 버리고 당장.

4

천장, 고맙습니다

천장이 없었다면 형광등을 어디에 달았을까. 천장 한가운데만큼 방 구석구석 골고루 비추는 곳이 또 있을까. 한쪽 벽에 형광등을 달았다면 나머지 벽의 등쌀에 못 이겨 형광등 세 개를 더 사야 했겠지. 방바닥 한가운데에 달았다면 며칠 못 가 실내화에 밟혀 박살났겠지. 그렇다고 형광등에게 공중부양을 기대할 수도 없고. 참 어려웠을 거야. 참 난감했을 거야. 지금 이 글을 쓸 수 있는 것도 '천장에 달린 형광등'이 졸음 참으며 책상 위를 밝혀주고 있기 때문이지.

천장에 달린 형광등. 여태 '형광등' 세 글자에 주목했다면 이젠 '천장에 달린'이라는 다섯 글자에도 주목. 다섯 글자에게도 감사. 내게 도움을 준 그것만이 아니라 그것이 있게 해준 또 다른 그것에게도 감사. 이렇게 감사의 폭을 조금씩 넓혀가면 세상엔 감사하지 않을 게 하나도 없다는 것을 알게 되지.

살면서 '사랑합니다'보다 더 자주 해야 할 말은 딱 하나.

고맙습니다.

자, 이제 꼬리를 위로 둥글이며
내 뒤에 또 어떤 고마움이 있는지 찾아봐서.

5

종이, 고맙습니다

내 책상 오른쪽엔 내 연필이 닿은 종이가 수북.
내 책상 왼쪽엔 내 연필이 닿지 않은 종이가 수북.

나는 이렇게 종이더미에 묻혀 하루를 살지. 종이가 누구지?
숲에서 태어나 숲에서 자란 나무가, 얇디얇은 네모로 겉모습만
조금 바꾼 녀석이지. 아직도 숲의 기억을 간직하고 있지. 여전히
나무의 향기를 지니고 있지. 그러니까 나는 지금 나무 빽빽한
숲 한가운데서 글을 쓰고 있는 거지. 나무 위에 한 자 한 자 글을
새기고 있는 거지. 따로 휴양림 찾을 필요 없지. 좋아하는 일과
함께 놀면 그게 휴가지.

그러니까 월화수목금요일이 모두
일요일이지.

6

종이컵, 고맙습니다

머그컵이 종이컵에게 말했어.

너는 1회용. 나는 깨지지만 않으면 100년.

종이컵이 머그컵에게 말했어.

너 광장에 나간 적 있니? 촛불을 껴안은 적 있니?

7

어둠, 고맙습니다

어둠이라는 새까만 도화지가 없었다면 달빛도 보이지
않았겠지. 별빛도 보이지 않았겠지. 엄마 촛불, 아빠 촛불, 아이
촛불이 함께 만든 장엄한 불파도를 볼 수도 없었겠지.

밤이 아름다운 건 어둠의 힘.
묵묵히 남 뒤에 서기를 자청하는

물러섬의 힘.

8

국어사전 마지막 페이지, 고맙습니다

힝.

동아출판사가 만든 국어사전에 맨 꼴찌로 등장하는 단어.
일부러 찾아보지 않으면 만날 일도 거의 없는 단어. 별 걸 다
들여다보는 괴팍한 작가 눈에나 겨우 보이는 단어. 내 뒤에
아무도 없다는 걸 알면서도 앞으로 가려 하지 않는 단어.
누군가는 맨 뒤에 서야 한다며 고집스럽게 자리를 지키는 단어.
아니꼬워서 비웃는 콧소리라는 뜻을 지닌 단어. 그래서 가끔
세상을 비틀어 꼬집지만 꼴찌라는 이유로 생을 포기하지는
않는 단어. 세상 모든 단어에게, 나도 이렇게 사는데 너희가
고개 숙일 일 뭐 있니? 하고 말해주는 단어. 모두에게 위로를
주는 단어. 모두에게 용기를 주는 단어. 정철출판사에서
국어사전을 새로 만든다면 지금 이 글을 그대로 실어 큰 박수를
받게 해주고 싶은 멋진 단어.

9

꽃님, 고맙습니다

뿌리를 자꾸 옮기는 꽃이 있대. 이 꽃을 키우려면 어디 숨었는지 찾아다니느라 애를 먹는대. 하지만 마냥 귀찮은 것만은 아니래. 키우는 재미도 쏠쏠하대. 이 꽃은 벌과 나비는 물론 강아지나 고양이하고도 쉽게 친구가 되는 특별한 재능을 지녔대. 그런저런 비범한 능력 때문에 하루에도 수십 번 주위를 깜짝깜짝 놀라게 한대. 또 이 꽃은 예쁘게 보이려고 애쓰지 않는대. 그래서 더 예쁘대. 하루에도 수백수천 찬란한 얼굴로 기쁨을 주는 꽃. 어때, 한 송이 키우고 싶지 않니?

아참, 가장 중요한 정보를 빠뜨렸네. 이 꽃이 자라 세상에 이로운 열매를 맺게 하려면 물과 햇볕도 듬뿍 줘야 하지만, 사랑 용기 감사 배려 희망 긍정 같은 양분을 충분히 공급해줘야 한대.

사람과에 속하는 이 꽃 이름은 어린이.

꽃말은, 어른의 스승.

10

나, 고맙습니다

가끔은 내 이름.

내 이름 뒤에, 고맙습니다.

마음 내키면 내가 나에게 선물도 하나.

아주 비싼 걸로.

이제 집밖으로 나가볼까.

감사 온도만큼 긍정 온도를 높여볼까.

11
가로등의 준비

너, 낮엔 뭐하니?

가로등은 쉽게 대답하지 못했어.
자신이 낮에 무엇을 하는지 한 번도
생각해본 적 없는 눈치였어.

그래, 밤에 일하라고 세워둔 녀석에게
낮을 묻는 게 아니지.
질문을 취소하려는 순간
녀석이 입을 열었어.

준비.

녀석이 처음 생각한 대답은 '놀아'였을 거야. 그렇게 대답하기
싫었겠지. 내가 정말 놀고만 있는지 생각했겠지. 그게 아닐 수도
있다는 생각이 들었겠지. 정말 놀기만 했다면 어디 한강에라도
나갔다 돌아왔겠지. 길 건너 전봇대에게 데이트 신청이라도
했겠지. 그런데 하루 종일 자리를 지켰잖아. 저녁 일곱 시를
허리 한 번 펴지 않고 기다렸잖아. 그래, 그건 준비였어.
그러니 아무것도 안 하는 것처럼 보이는 것이 아무것도 안 하는
게 아닐 수도 있다는 것. 일 쌓아두고 음악 듣는 녀석 그대로
두라는 것. 공부하라면 종일 책상 닦는 녀석 그대로 두고
지켜보라는 것.

12

분수의 기다림

너, 겨울엔 뭐하니?

분수가 뭐라고 대답했을까. 가로등처럼 '준비'라고 대답했을까.
분수는 같은 대답을 조금 다르게 했어. 꽤 폼 나게 했어.

여름을 기다리지.

그래, 우리가 다음 여름을 만날 수 있다면 그건 분수가 춥고
외로운 시간을 조용히 견디며 여름을 기다렸기 때문일 거야.
저절로 오는 것은 없으니까.

월급날을 기다리고. 다음 버스를 기다리고. 컵라면에 물 붓고
3분 기다리고. 오지 않을 수도 있는 그 사람을 기다리고···.
우리는 인생이 준 시간 대부분을 기다림에 소비하지. 외로움에
소비하지. 그러나 그것을 낭비라고 말하는 사람은 없어.

기다림이 만남을 데려오니까.
외로움이 반가움을 데려오니까.

13

자전거의 견딤

차도와 인도 사이로 난 자전거 길. 우리 눈엔 그냥 좁디좁은
길이지만 자전거에겐 길 이상의 의미일 거야. 자기 길을
갖기까지 얼마나 긴 세월을 참고 기다렸을까. 자동차에 치이고
사람에 치인 그 시간을 묵묵히 견뎌냈기에 자신의 이름이 붙은
길을 가질 수 있었겠지.

견딤.

외로워도 견딤. 지루해도 견딤. 때론 눈물 삼키며 견딤. 때론
술잔 삼키며 견딤. 온몸으로 견딤. 끝까지 견딤. 끝내 견딤.
그래, 세상 의미 있는 모든 성취는 바로 이 견딤의 결과일 거야.

가로등의 준비.
분수의 기다림.
자전거의 견딤.

이들 유전자에 속도는 없어. 조급함도 없어. 한 번에 서너
계단 건너뛰려는 욕심도 없어. 셋은 한 부모 몸에서 태어난
형제자매인지도 몰라. 멋진 가족.

14

도를 아십니까

준비. 기다림. 견딤. 이런 게 도 아닐까요.

실례했습니다. 가던 길 가십시오.

15

담벼락 낙서 1

웃으면 복이 와요

이렇게 적혀 있네. 정말 그럴까. 정말 웃는 것만으로 복을 내
것으로 만들 수 있을까. 그럴 리 없지. 거짓말이지. 하지만
거짓말인 줄 알면서 믿어볼까. 속는 셈 치고 웃어볼까. 웃을 일
하나 없는데 마구 웃어볼까. 그러면 어떻게 될까. 바보가 될까.
아니야. 복은 내 것이 되지 않겠지만 웃음은 내 것으로 만들
수 있잖아. 그게 더 남는 장사일 수 있어. 낙서한 녀석, 천잰데.
하하하하하하하하하.

근데 이 얘기 어디서 들은 것 같아. 아니, 내가 했던가?
뭐 그랬으면 어때. 한 번 더 웃어주면
그만큼 더 남는 거지.

16

담벼락 낙서 2

여긴 또 이런 게 적혀 있네. 누군가의 사랑고백인 듯. 마음을 들킬까 부끄러워 거꾸로 써놓았어. 사랑. 뒤집을 수 있는 걸까. 뒤집으면 어떻게 될까.

죽도록 사랑하는 나.
건성으로 사랑하는 너.

우리를 뒤집으면 어떻게 될까. 네가 아프겠지. 지금 나처럼 네가 많이 아프겠지. 하지만 네가 아파하는 것을 지켜보는 나는 어떨까. 더 아프겠지. 미치도록 아프겠지. 안 되겠어. 지금이 나아. 지금처럼 내가 더 아픈 게 훨씬 덜 아픈 거야.

17

담벼락 낙서 3

안녕하세요.

안녕히 계세요.

무슨 뜻일까. 왜 이런 낙서를 했을까. 어려웠어. 한참을 담벼락 앞에 서 있었어. 다리가 저릴 때쯤 의미를 알 것 같았어. 나는 낙서 제목을 '인생'이라 붙였어. 인생을 압축하고 또 압축하면 바로 이 두 번의 인사일 거야.

책을 끝내기 전에

담벼락 낙서를 조금 더 들여다볼까.

안녕

안녕하세요.

이게 인생 첫 인사라고 담벼락이 가르쳐주었지. 그래, 우리
모두는 엄마 아빠에게 이 첫 인사를 던지며 세상에 태어났어.
인사는 언니 오빠 친구 이웃에게로 이어졌지. 반가운 만남도
있었고 고마운 만남도 있었고 다시 생각하기 싫은 만남도
있었을 거야. 살아가는 동안 더 많은 인연을 쌓을 것이고 이
인사는 계속되겠지. 어제처럼 오늘도. 오늘처럼 내일도. 그리고
언젠가는 마지막 인사를 하겠지. 담벼락이 가르쳐준 대로
이렇게.

안녕히 계세요.

이 인사는 누구에게 하는 걸까. 아들 딸 친구에게만 하는 건
아닐 거야. 세상 살면서 인연을 맺은 모든 것들에게 하는
인사일 거야. 꽃에게 바람에게 커피에게 연필에게 지갑에게.
누구나 헤어지지. 결국은 헤어지지. 그러니 꽃도 바람도 지갑도
너무 꽉 잡으려 할 필요는 없는 것 같아. 잡으려 해도 잡히지
않는 것, 잡을 수 없는 것을 잡으려 하는 데 인생을 소모한다면
이 마지막 인사는 많이 외로울 거야.

당신과 나는 이 책을 사이에 두고 만났어. 인연이지. 하지만
잡지 않을게. 내 허튼 생각과 놀아줘서 고맙다는 말 대신, 새
책으로 다시 만나자는 약속 대신,

안녕히 계세요.

사진 출처

067 © small1 / Shutterstock.com | 155 © franz12 / Shutterstock.com
194 © BYUNGSUK KO / Shutterstock.com | 290 © one_clear_vision / Shutterstock.com
292, 297 © NAYUKI / Shutterstock.com | 293, 300 © Vincent St. Thomas / Shutterstock.com
294 © phonyphoenix / Shutterstock.com | 296 © im_Chanaphat / Shutterstock.com
298 © T.Dallas / Shutterstock.com | 303 © VittoriaChe / Shutterstock.com

틈만 나면 딴생각

초판 1쇄 발행 2018년 3월 26일
초판 8쇄 발행 2018년 12월 10일

지은이 정철

발행인 문태진
본부장 서금선
책임편집 정다이 | 편집2팀 김예원 임지선
디자인 박대성 | 저자사진 장철영

기획편집팀 김혜연 이정아 박은영 전은정 | 디자인팀 윤지예 이현주
마케팅팀 양근모 김자연 김은숙 이주형
경영지원팀 노강희 윤현성 유상희 이지복 이보람 | 강연팀 장진항 조은빛 강유정 신유리
오디오북기획팀 이화진 이석원 이희산

펴낸곳 ㈜인플루엔셜
출판신고 2012년 5월 18일 제300-2012-1043호
주소 (04511) 서울특별시 중구 통일로2길, AIA타워 8층
전화 02)720-1034(기획편집) 02)720-1024(마케팅) 02)720-1042(강연섭외)
팩스 02)720-1043 | 전자우편 books@influential.co.kr
홈페이지 www.influential.co.kr

© 정철, 2018

ISBN 979-11-86560-66-2 (03810)

* 인플루엔셜은 세상에 영향력 있는 지혜를 전달하고자 합니다. 이에 동참을 원하는 독자 여러분의
  참신한 아이디어와 원고를 기다립니다. 한 권의 책으로 완성될 수 있는 기획과 원고가 있으신 분은
  연락처와 함께 letter@influential.co.kr로 보내주세요. 지혜를 더하는 일에 함께하겠습니다.

이 도서의 국립중앙도서관 출판예정도서목록(CIP)은 서지정보유통지원시스템 홈페이지(http://
seoji.nl.go.kr)와 국가자료공동목록시스템(http://www.nl.go.kr/kolisnet)에서 이용하실 수 있습니다.
(CIP제어번호 : CIP2018008410)